安孫子正浩

教場の風

徳間書店

教場の風

目次

教場長と代講の教員

テストは算数から始まった。時間は四十分。

男子は緊張した表情を浮かべている。

テスト用紙を渡すと、曽谷《そたに》は彼に注意事項を告げた。机のなかは空っぽですか。鉛筆、消しゴムの準備は出来ていますか。途中で判らなければ挙手して質問してもいいですが、答えられないことの方が多いと思います。計算は問題用紙の空いているところを使ってください。時間配分を間違えないで、判らない問題は少し考えて、それでも難しいと思ったら次の問題に進んで下さい……。

「判った?」と口調を柔らかくして訊ねると、慌てた様子で、「わかりました」と答えた。小学五年生。坊主頭で、日焼けした顔からは学校で元気に走り回る姿が想像できる。

「では、スタート」

曽谷はタイマーのスイッチを押した。

意気込んで取り組み始めた男子は、すぐに困惑した顔つきになった。表情に焦りが表れ、書いては消しを繰り返すうちに、力尽きたか無表情になった。

四十分が経過しタイマーの電子音がピコピコ鳴る。

「はい、そこまで」

と声を掛け、曽谷は算数の答案と問題用紙を男子から受け取った。計算問題の横いっぱいに小さな数字が書き込まれている。速さの問題は太い鉛筆線と下手な絵で学校や駅らしきものの図が描かれ、立体に水を注ぎ入れる問題では、図に重ねて線と数字が書いてあったが、見当外れの線も多い。

「十分休憩します。きみ、トイレは？」

「いいです。大丈夫です」

そう、と頷《うなず》いてから何かリラックス出来そうな、学校のこととか、何かスポーツをしているのか、といった無難な会話で緊張を少し解いてやりたいと思ったが、男子はぼんやりした表情で窓の外へ目を向けていた。この教研《きょうけん》ゼミナール二岡《におか》教場《きょうじょう》は大通りに面したビルの二階にあり、見えるのは信号機、向かいのビルの一階に入ったコンビニエンスストアとその看板の明るいポップ。並びにある理容店と前で回り続けるサインポール。窓から見える平日の午後の風景に、男子の興味を惹きそうなものはない。

テスト中、あっという間に過ぎた時間が、今は遅々としていた。外を眺める男子が、本当は何も見ていないことに曽谷は気付いている。

「やるかい」

壁の時計を見ながら声を掛けた。

口唇を固くぎゅっと結んで、頷く。

国語の問題用紙と答案用紙を机の上に置き、

「判るところからやりなさい。読みながら、問題の文章にはどんどん線を引いていいから」

「はい」

国語の大問一は漢字の出題で、男子は一画ずつ丁寧《ていねい》にゆっくり答えを書いた。もう少しテンポよく解答していかないと時間が足りなくなる、と思ったが、曽谷は何もいわなかった。

文章問題を読み始める。「どんどん線を引いて」と声掛けしたものの、そんな習慣はないらしく、読む間、手は止まっている。学校はそんな読み方を教えない。

男子が受けているのは、私立中学合格を目指すクラスに入るためのテストだった。

新入塾生の入会テストは毎週土曜日、保護者説明会と同時に実施している。

だが週末も働く母親の都合で、平日の今日、受けに来たのだった。男子がテストを受けている間、別の教室では教場長が母親に塾のシステムや中学受験の現状を説明している。

——筈なのだが、教室前方のドアをノックする音が聞こえ、教室の後方へ移動していた曽谷が振り返ると、廊下に立つ教場長の姿が、ガラス張りの壁越しに見えた。

そそくさと前方へ戻り、そっとドアを開ける。「出来てるか?」と教場長は訊ねた。「いいえ」

などと本人に聞こえる距離でいえる訳がない。

「ほどほどには」と曽谷は小声で答えた。

曽谷の肩越しに教室のなかの男子に目をやり、それから教場長は、何か丸めたものを曽谷の手に押し込んだ。

「説明、終わったんですか」

「終わったよ」

「母親は？」

「帰った」

そういうと、怪訝《けげん》な顔の曽谷を残し、小太りの体を揺すりながら教務室へ戻っていく。見ると、クセのある乱雑な字で走り書きした小さなメモで、「母親は先に帰った。自転車で来てるから、ひとりで帰るように」と書かれていた。

壁の時計の針は静かに一周して十二の上を過ぎ、また一分が経過する。

ちらりと覗いて見たかぎりでは答案は半分以上が空欄だ。

「出来るところだけでいいから。判らなかったら、とばして、次の問題も見てみて」

掛けてやれる言葉といえばそれくらいしかない。

男子はもう返事もしなかった。問題文章をただ何度も繰り返し読んでいる。何度も。

終了時間が来て、国語の答案を受け取りながら、

「出来たかい」

と声を掛けると、「算数よりは」と男子は小声で答えた。

答案に漢字の誤りをひとつ見つけたが、その場で指摘はせず、教場長のメモの内容を伝える。

「判りました」

と頷く。

教室を出た彼の後について階段を下りた。見送りに教場の玄関口まで出たところで、男子は不意にくるりと振り返り、きっぱりした口調で「ありがとうございました」と曽谷に告げた。

口唇を嚙みながら、ぺこりと頭を下げた。


教務室に戻り、採点する。算数二十八点。国語四十五点。

入塾テスト合格ラインは各教科五十点以上だが、それはあくまで目安で、裁量は教場長次第だ。点数が低くても、教場長が認めれば入塾できる。

曽谷が採点を終えたタイミングで、

「どうだった?」

と声を掛けられ、教場長に答案を渡すと、

「ひどいな。どっちも。特に算数が」

となげやりにいう。

あれこれ努力し、何とか答えを出そうとしていた。意気込みは買ってやりたい。だが基礎的な実力が足りないまま受け入れるのは酷《こく》だ。物事には段階がある。

「入塾テストは難し過ぎる、というのが曽谷先生の持論でしたよね」

口をはさんできたのは、二岡教場で中学受験クラスの指導責任者を務める太った白髪の老教員だった。にこやかな笑みをいつも浮かべているが、実態はただ無神経な人だと、曽谷は思っている。指導もあまい。

老教員の余計な一言に曽谷は答えなかった。

「ま、いいだろう。入塾決定」

答案用紙をヒラヒラと躍らせ、曽谷に戻す。

「本気ですか」

「反対か？　答案を見ても、よくがんばってる」

「それはそうですけど。この力で引き受けるのが本人のためになるとは思えません」

「断るのが本人のためになるのか」

がんばっている姿と同時に、困って途方に暮れ、挙句落ち込んで帰る背中も曽谷は見ていた。

「学校じゃ習ってないことも出てるんだろう？　出来なくて当然だ。ここで教えてやればいい。姿勢は悪くないんだろう？」

「それなら最初は個別指導を勧めてください。基礎的なことを身に付けて、そこから中受クラスに合流です」

「そんなことをいえば母親は別の塾を探すよ。入れてくれるというところが見つかるまで」

親というのは自分の子どもが成績が足りず入塾を断られたという事実を認めたくないものだからな、と教場長はいう。納得したくはないが一理ある。

「いい加減などこかの塾に任せるより、きみがここで引き受ける方が良心的だろう」

教場長に説かれると、一教員でしかない曽谷には返す言葉がない。

「五年生の担当は曽谷先生、きみだ。生徒の『判らない』を、『判る』にきみが変えてやればいい」

そのやりとりを聞きながら、老教員はにこにこ笑っている。

多くの中学受験塾が、難度の高い捻った応用問題を入塾テストで出題する。学校で習ったことのない解き方を必要とする問題が解けるわけがない。当然、答案用紙は空欄が多くなる。もう少しで出来る力があるのか、手も足も出ないのか、判断が難しい。

出来ないことを、出来るようにするために通うのが塾なのでは？

それなら自分が引き受け、出来るようにしてやればいい、というのは確かに理屈だが、新年度授業が始まり数ヶ月が過ぎたこの時期、この男子の学力でクラスに合流させるのは不安だ、というのもまた正直な気持ちだった。矛盾は自覚している。

「いいんですか」

教場の中学受験生の責任をすべて負う筈の老教員に、曽谷は訊ねた。決着を迫るような脅す口ぶりになったが、

「教場長のご判断どおりに」

と相変わらずの答えしか返って来ない。

母親には、入塾テストの結果については夜にお知らせします、と伝えてある。

電話を掛けた曽谷が得点を伝えると、母親は「まあ」といって言葉を失くし、「そんな点数で大丈夫なんですか」と訊ねた。

「普通だと厳しいのですが、入塾してもらおうと思います」

不安気な様子が受話器越しに伝わってくる。

「答案を見ますと、何とか答えを出そうとがんばっていらしたようで。そのがんばりを買いたいと思います。ご本人は受験についてやる気は？」

「まあ、それほど……」と母親の返事も煮え切らない。「帰ってきてからは元気がなくて」というので、「普段と勝手が違ったので面食らわれたのでしょう」というに留めた。

どこに行っても「判らない」ことに苦しむのは同じだ。それなら自分が担当してやる、と曽谷は自分にいい聞かせた。

「学校の成績はそれほど悪くないんですが」

とつぶやく母親へ、

「私立中学が入試で出題する問題は、小学校で習うこととはずいぶん違います」

「習っていないことが出ているんですか」

「いえ、そうではなく」

習ってはいる。小学校で履修する範囲から逸脱して問題を出すことは出来ないのだから。ただ、捻りが加わっている。着想が違う。扱い方が違う。基本は習っていても、応用する力がなければ解けない。

「たとえば漢字なら、『反対』の『反』も『故郷』の『故』も学校で習いますが、それを組み合わせた『反故』という熟語は教わらないことが多いです。でも私立中学校は入試でそれも出題します」

「今日のテストでも」

「まあ、そうですね。一部にはそんなのも」

何か口にしかけた母親は、結局「そうですか」とつぶやいて、「よろしくお願いします」と申し訳なさげにいった。

次に教場へ来るときに持って来るものと、今後の簡単な予定を伝えて電話を切った。

中学受験クラスに在籍する五年生と六年生の生徒を対象に、教研ゼミナールでは毎月テストを実施している。実施した次の週には本部から成績順位表が送られてくる。

それを廊下の掲示板に貼り出すのも曽谷の仕事だ。

成績表には、在籍する全生徒の氏名、在籍教場、四教科の総合順位と各教科の点数、偏差値が載っている。

偏差値とは、受験した集団のなかでどれくらい出来るのかを測る数値のことだ。得点が九十点でも、全体の平均点が九十五点なら平均より下だ。反対に、平均点が三十点のテストなら、五十点でも、出来ているといっていい。中学受験生が受ける模試では平均三十点台というのはままあることで、素点だけで優劣を測るのは難しい。それで平均点を偏差値五十とし、平均より高いと五十以上、平均より低ければ五十以下の数字で表す。

成績表を見ると、二岡教場の生徒はどの教科もぱっとしない。特に六年生がよくない。六年生の国語を教えているのは痩せた中年の男性教員だ。曽谷が以前相談したときは、「ここから解説していけば、どうかな」と適切なアドバイスをくれた。指導力は高いと思う。理科と社会の担当はどちらも非常勤だが、他塾で長く教えた経験がある。話し方も丁寧で生徒受けもいい。

どの教科も結果が振るわないのは、中心となる指導責任者の老教員に原因があるからだろう。あのゆるい空気がよくないのだと、成績表をピンで掲示板に押し留めながら曽谷は考えた。

成績表を見ていて気付いたことがある。五十位まで、並んでいるのはいくつかの教場名ばかりだ。香坂《こうさか》、希望《きぼう》が丘《おか》、塚ノ台《つかのだい》、北沢《きたざわ》……。教研ゼミナール全体で教場は六十あるが、上位は五つほどの教場で寡占《かせん》状態だ。在籍者数が多いからかとも考えたが、下位に目をむけるとそれらの教場名は見当たらない。

「二岡の生徒たちはどう？」

不意に声を掛けられ、振り返ると教場長が立っていた。身形《みなり》に頓着しないのは常だが、今日はネクタイが不自然なほど縒《よ》れている。気にならないらしい。

「よくないですね」

「そうかい」

自教場の生徒の成績にもかかわらず頓着する口ぶりではなかった。

「いいんですか」

「何が？」

廊下に声が空虚に響く。

「もう少し、厳しく生徒を指導するようにおっしゃっては」

「まあ、そこはフジイ先生に任せているからね。厳しくしたって成績が上がる訳でもないし」

あの老教員のことだった。

「どういう意味でしょう」

「厳しく無理なことを求めて子どもが潰れては元も子もない。塾をやめ目指していた中学受験を断念する、なんてことになったら悲劇だと思わないかい。だったら、ほどほどでゆるく受験に臨ませてやってもいいだろう」

「……志望校に通らなければ結局同じですよ」

「落ちない学校を探してやればいい」

「受かりたい学校、ではなく、ですか」

「第一志望に落ちることはままある。大切なのは『どこ』にではなく『どこか』に受かることだ。そういう学校を探して提案するのはフジイ先生はお上手だしね」

定員割れで全員に合格を出す私立中学校は、毎年ある。その点については教場長のいうとおりだが、それが生徒や保護者の本意だろうか。

「そんな受験でいいんですか」

いいんだ、とあっさり教場長は答え、

「退塾もさせない、不合格にもしない。教場としてはそれでいい。教ゼミのブランドとしての難関校は別の教場が稼いでくれる」

と抑揚のない声で続けた。

「一生懸命やったからといって報われるとは限らない。子どもには無理をさせず、保護者にも喜んでもらえたら、それでいいじゃないか」

咄嗟に返事が出てこなかった。

教員としてのプライドは？　とようやく曽谷が思ったとき、教場長の姿はなかった。満足気に身体を揺すりながら、教務室のなかに消えて行った。

季節外れの雨が続いた週の半ば、六年生の国語教員から、体調を崩し休むと連絡があった。塾教員は容易に休めない。代わりを務める誰かを見つけるのが難しい。

代講の教員が決まった、と本部から連絡があったのは三時過ぎ。憮然としていた教場長は、電話を受けるとより不機嫌になった。国語教員が突然休んだことに怒っているのかと思っていたが、どうやらそれだけでもないらしい。

「どなたが来られるんですか」

わざとか、たまたま聞こえなかったのか、曽谷の問いには答えず、激しさを増す雨音のなか教場長は出て行く。行先は教場の入ったビルの一階にあるコンビニエンスストアに違いなく、不健康な体型ながら子どもじみたところのある教場長は仕事中も甘いお菓子が絶やせない。

雨で足止めを食っているのか、他の教員はまだ姿を見せていなかった。

曽谷がひとりで予習をしていると、

「おつかれさまです」

聞き覚えのない声が聞こえた。顔を上げると教務室の入り口に誰か来ている。年齢の見当の付けにくい男で、濡れた肩口をハンカチで拭きながら、「教員の傘もここでいい？」と問う。

「ええ」と曽谷は答えた。代講の教員だ。立ち上がり、「おつかれさまです」と声を掛けた。

「六年生の国語の代講に来た、葉村《はむら》です」

濡れた傘を傘立てに差して男が名乗る。

「中学受験クラスの曽谷です」

頭を下げたところへ、コンビニエンスストアの袋を提げた教場長が戻って来た。あからさまに曽谷を無視する態度で、

「おつかれさん。いつ来た？」

「いまです」

「申し訳ないね。休みなのに」

額から垂れる雨滴も気にせず、葉村にいった。

「お気遣いなく」

案内されたデスクに着くと葉村は濡れた革鞄を拭きながら、使い込んだ様子のテキストを取り出した。

「先週の授業報告書は――」

共用キャビネットの前に行き、「これかな」と取り出し、読み始める。

手際がいい。教場長と無駄話もしない。

曽谷も自分の予習を再開した。

いつもは買ってきてすぐ手を付けるお菓子もそのままに、教場長は斜めに座り爪を噛んでいる。

予習が一段落ついたところで顔を上げると、葉村はごく自然な様子で生徒名簿を見ていた。

生徒が来始める時間になると、誰にいわれずとも葉村は教場の玄関口へ向かった。

「今日は学校どうだった」「宿題、やってきたか」と自然な口調で挨拶して生徒を出迎える。いつもならそれは曽谷の仕事だ。

「雨、大丈夫だった。濡れてない？」

初めて見る教員に声を掛けられ、生徒が足を止める。

「ハンカチある？　ティッシュで拭くかい」

いつもそうしているといわんばかりの慣れた態度で葉村は生徒に接した。傘を不器用にたたみながら、「新しい先生？」と直接葉村に問う子どももいれば、ポケットから取り出したくしゃくしゃのティッシュで髪を拭きつつ、「誰？」と小声で曽谷に訊ねる生徒もいた。

「キダ先生の代わり」

「あ、そーなんだ」

よろしく、という葉村に、いつも横柄《おうへい》な口調で喋る生意気な男子が、「先生、厳しい？」と訊く。

どうかな、といってニヤリとし、「厳しいかもな」と葉村は答えた。

察するものがあったのか男子の顔が引き締まる。

授業の開始時間になり、その日の担当クラスで曽谷が宿題の漢字ノートをチェックしていると、廊下の向こうから張りのあるきびきびとした声が聞こえてきた。これまでこの時間に曽谷の耳に授業をする声が届いてきたことはない。

毅然として、説明も簡潔で明瞭。ときに容赦なく子どもの出してきた解答にツッコみ理由を問う。小気味よい。

身の引き締まる思いがした。

授業を終えて教務室に戻ると、授業報告書を書く葉村の姿があった。細かな字で丁寧に結構な量を書いている。

「おつかれさまでした」

手を止めて顔を上げ、「おつかれさまです」と葉村が答えた。

それから、また報告書を書き続ける。

中学生を担当する教員は授業中で、教務室には他に誰もいなかった。

終えてきた授業内容をノートにつけていると、「曽谷先生はもう終わり？」と声を掛けられた。

「ええ。終わりました」

「そう」

それだけいうと、葉村はまた報告書をつけ出した。教科内容以外のことも書いているらしく、

「何を書いてらっしゃるんですか」と訊ねると、顔は上がらずに「報告書」と短く返答があり、

「それだけですか」と重ねて問うと、「あと、気になった生徒の誤答とかも」と返し、そこで葉村は顔を上げた。

「葉村先生はふだんはどちらの教場に入ってらっしゃるんですか」

「北沢教場」

その教場名に覚えがある。塾内テストの順位表で上位を占めていた教場のひとつだ。

「こちらの六年生はどうでした？」

曽谷が問うと、

「曽谷先生はどう思う？」逆に訊き返された。

駄目だね、という葉村の答えを自分が期待していたことに気付き、曽谷は恥じながら狼狽えた。

「……すみません」

「何に謝っているのかは訊かないけど」と葉村はいい、続けて何かいいかけたようだったが、思い直した様子で、「ま、気にせず。曽谷先生は自分の生徒をしっかり指導してやってください」

とだけいった。

「はい」

「あ、そうだ」

「何でしょう」

「ひとつ訊いていいかい」

「どうぞ」

「――この問題なんだけど、曽谷先生ならどう解く?」

六年生のテキストを開き、ある箇所を指す。書き込みが多く、付箋が何枚も貼られている。教材は三年ごとに改訂され新たな版が出るのだが、葉村のそれはかなりの年数使い込まれたもののようにくたびれていた。

問題や教え方について質問されることなど二岡教場に来て一度もなかった。戸惑っている曽谷を気にする様子もなく、葉村は問いのひとつを指して、

「さっきの授業で同じような間違いが多くて。先生ならどこを押さえて解説する?」

設問のとなりに葉村自身の解答が赤ペンで書いてある。「答えはこれなんだが」というので見てもいいらしい。新人研修時、わざと解答を隠して質問する嫌な先輩教員がいたが、後輩を試し優越に浸る考えは葉村には微塵《みじん》もないらしい。

長い文章中に手掛かりとトラップが仕掛けられた読解問題を、その場で読み即答するのは教員であっても容易ではない。だが葉村が訊ねたのは裏を読ませる類の問題ではなく、比較的シンプルなもので、

「ここ、読んだら答えが出ますよね」

正直にいえば解答も参考にしたうえで、曽谷は文章中の一部を指していった。

「父親が息子のことを想っているのは、このくだりで理解できると思いますが」

「だよね」

「息子も、その想いに気付いたようなんで……。反省と感謝、ですか」

「そう」と頷き、「だいたいそれで答えが出ると思うんだがな」とつぶやく。

「――やっぱり、そうだよな。判った。ありがとう」

といわれ、いいえ、と曽谷は頷いた。

ただの質問だったのか。それとも何かの意図があり新人教員にさりげなく指導を入れたのか
……と考えていると、「帰ります」と葉村がいった。

「教場長によろしくいっておいてください」

あの教場長に何をどうよろしくと、と思っている間に、「じゃあ、また」と革鞄を手にして葉村は席を立った。


数日後に本部で行われた教務研修会議の議題は、入試問題分析だった。

昨春の私立中学校で出題された問題の傾向を、担当教員が分析し説明する。

対象は名門中学六校。全国レベルで最難関といわれる紡城《つむぎ》中は会議の大トリで、若い教員をアシスタントに伴った国語科のベテラン教員が行った。

人を食ったねちっこい喋り方をするその教員は、教研ゼミナールの草創期を支え、ここまで押し上げた功労者だ。誰もがスーツで参加するなか、この日もひとりだけ柄物ジャケットで登壇し、

「先生方は、みなさんよくご存じでしょうから概要は簡単にすませますよ」

と軽い口ぶりでいった。アシスト教員がパワーポイントを操作し、近年の受験者数、倍率、同業他社の合格割合をスクリーンに映し出す。

「実施時間は七十分。配点は算数と国語が百二十点、理科が百点。難関校といえば算数勝負のところが多いなか、紡城は国語も厄介ですよ。形式は文学的文章と説明文の大問二つとオーソドックスですが」

どこかの学校と違って安楽死や貧富格差なんて題材は扱わない、と直前に分析のあった他校を皮肉った。

意味で考えないと小学生には答えようのない漢字の問題が出ること、この十年で文法知識の出題は一度もないことを指摘し、「次」とアシスト教員を促す。

原稿用紙のごとき縦長の解答欄が並んだ答案用紙がスクリーンに映し出される。

「八十字が六題。百二十字が物語で一題、説明文でもう一題。内容的にはほぼ要約です。文章中から二つほど探してくっつければ解答できる。問題は時間配分ね」

いつも手にしている指し棒でベテラン教員は解答欄を示しながら、

「こっちの二つの記述は捨てて、ここの二つを取ればぎりぎりでも合格最低点に届きます。全部

取ろうなんて欲張らないで、出来るところと出来ないところの取捨選択をすれば大丈夫。通ります」

「そりゃ理屈だ」誰かが呆れた声をもらした。

「このレベルになれば最後は効率なんですよ。読解力っていってもその差は知れている。それよりも手際よくね、ぱぱぱっと解かせてください」

できないことに時間をかけない、受験はコツコツやるんじゃなくてコツを覚えさせるんです、と繰り返しいい、

「――ということで、みなさん、がんばって指導してください。以上です」

と退こうとした。

「先生」と呼び止める声がして、ジャケットの背中が立ち止まる。

「おっしゃることは判りますが、問題傾向分析の場なので。もう少し紡城の国語について解説していただけませんか」

その声に曽谷は、聞き覚えがあった。

指し棒を縮めながらベテラン教員は振り返り、

「ちゃんと読んでしっかり書く、ですよ。国語指導の基本です。ただ効率よくやらないと間に合いません」

「先生は取捨選択とおっしゃいましたが、どの問題を捨て、どの問題を解くか。その見極めはど

うつけますか」

「どうって。力のある生徒なら、見れば判るでしょう」

声の主は最前列に座っていた。後方の曽谷には、伸び気味の髪の後頭部だけが見える。

――この問題なんだけど、曽谷先生ならどう解く？

「これだけの量の字数を答えるのは大変です。だからいくつか捨ててよい、と先生はおっしゃった。確かに記述問題のいくつかを捨てても合格点に届きますが、ではそのどれを捨てどれを解くかといった判断が時間内で生徒に出来ますか」

余裕を誇示するかのようにベテラン教員はジャケットの肩をすくめ、

「問題によるでしょう。出来ますよ」

「目を通しただけで解くべき問題と捨てる問題の選別が出来る生徒なら、時間内に解くことも出来るのではありませんか。記述解答の指導をわれわれが徹底することで」

「それはそうかもしれないが」

「捨て問をとばして解ける問題を確実に解答せよ、というのは先生、大人の理屈です。入試の技術的なことより先にまず本質を読み取り解答する方法を教えてやるべきだと思うのですが」

「葉村先生は、全部解かせるという方針ですか」

「そうです」

――やはり。そうか。

葉村と呼ばれた教員は、きっぱり答えた。

「限られた時間内にこの字数の問題を」

「ええ」

「それは無理だ。ただの理想論だ」

「でもその理想を現実に変えてやるのが、われわれ教員の仕事でしょう」

意に介さずといった口調で葉村は続ける。

「解ける子どももいるかもしれない。そう思いませんか」

「理屈ではね。でも合格するという目的の前では余計な回り道をしている余裕はない。わたしならそう考えますよ」

「回り道？」

「国語が好きで出来る生徒なら葉村先生のいわれることも判る。けれども現実はそんな生徒ばかりではない。紡城を受ける生徒なら大半は算数主体だ。読み書きの基本的な力をつけるのに時間を割くより、もっと別の練習に時間をかけたいというのが本音じゃありませんか」

合格するために学力をつける必要がある、といえば誰もが、当たり前だ、というだろう。だが、「そんな時間はないんです。合格したいだけなんです」という保護者が現実には少なからずいるのだ。読み書きの力なんてつけなくてもいいから、合格する方法を子どもに教えてくれ、という親が。

「受からなければ意味がないのは判ります。でもただ合格するだけなら、それもまたあまりに意味がないと思いませんか」

葉村がいった。

老練なベテランの国語教員は何かいいかけて口を閉じた。そんなことはいわれなくても判っている、か。あるいは、「それは理想に過ぎない」と繰り返すつもりだったのか。

進行を務める教員が、「先生、ありがとうございました」と割って入り、誰にも顔を向けずベテラン教員は退場した。撤収を終えた若いアシスタントの教員が会釈して後を追う。

隣に座っていた同期の水田《みずた》が、「あの先生、どこの教場っすか」と、近い席の先輩教員に問う声が聞こえた。先輩教員より先に曽谷が、「北沢教場」と教えると、

「曽谷、知ってるの？　あの先生」

「最近、二岡に代講で来た」

「何て名前？」

「葉村先生」

水田が先輩教員に、「実績はいいんですか。あの先生」と訊く。

「いい。紡城、清明学院《せいめいがくいん》……西大寺《せいだいじ》も北沢教場から出ている。あの大センセイもだけどな」

席にもどり憮然とした表情を浮かべているベテラン教員を指していう。

——理想を現実に変えてやるのが、われわれ教員の仕事でしょう。

「どこ」ではなく「どこか」に受かることが大切なのだ、と最近誰かがいうのを聞いたばかりの曽谷は、いま聞いたその言葉を頭の中で繰り返した。

ずれていた何かが、少しだけあるべき位置にもどる感覚があった。

栗沢兄弟と塾長

翌日、二岡教場へ入室すると、教務室のデスクに座った教場長がいつもにまして険しい表情を浮かべている。

「おつかれさまです」

挨拶した曽谷を睨みつけるように見た。

「何ですか」

「曽谷くん、先週、栗沢《くりさわ》くんたちに何かいったか」

栗沢というのは双子の兄弟で通う四年生だ。兄が和樹《かずき》で弟が智樹《ともき》。顔もやることもよく似ている。

「いいました」

「何を」

「不正をするなと」

「不正とは」

「カンニングです」

「いつだ」

「話をしたのは先週です。疑いが発生したのは、それより以前」

「その現場をきみは見たのか」

「いいえ。オザキ先生から、相談を受けました。答案も見ました」

「その不正を咎《とが》める話をした際、はっきりカンニングという言葉をきみは二人にいったか」

「……いいえ」

四年生の理科を担当するオザキは中年の非常勤だが、他塾で長く教えていた経験がある。辞めた理由は知らないが、昨春教研ゼミナールに来た。二岡教場には週に一度入室して四年生と五年生を教えている。

その理科教員から、「これ、見てください」と小テストの答案を見せられたのは半月ほど前。毎回、理科の授業でやる確認テストだった。

二十ほどある解答欄は空欄なく埋まっている。丁寧とはいい難い雑な字ながらも、前半はすべてマル。だが後半は全部バツだ。

「こちらも」

もう一枚、別の子どもの答案を並べて置いた。こちらはすべてマルだ。

最初の答案の名前は栗沢和樹。あとから出てきた満点の答案は別の男子だ。

「これが?」

問いながら曽谷も気付いていた。和樹の答案と満点の生徒のそれとは、書かれている答えがすべて同じだ。「北斗七星」、「ベテルギウス」、「冬の大三角」、ウ、エ、イ、ア、と記号問題の順番も。しかし大問二の3の正解は「ベテルギウス」だが、和樹の3の解答欄には「北斗七星」と書かれ、それは2の正解だった。4の正解は「冬の大三角」だが、そこに和樹は「ベテルギウス」と答えている。

「栗沢がそそっかしくて、解答欄がズレたということですか」

曽谷の問いに答える代わりに、別の数枚の用紙をオザキは取り出した。コピーした答案用紙の束で、なかから二枚ピックアップする。一枚は栗沢和樹。もう一枚は和樹とも先の満点だった男子とも違う、別の生徒のものだ。

「その回はいくつか記述問題があるでしょう」

ものの燃え方についての回で、燃焼の仕組みを短い文で説明させる問いがある。「空気が多い方が燃える時間は長くなる」「酸素にはものが燃えるのを助けるはたらきがある」と内容は簡単だが、他の生徒の答案と比べるとよく判る。それぞれがさまざまな書き方で答えて同一のものがひとつとしてないなか、その二枚だけは短いながらも文言がまったく同じだ。

「誤字までいっしょなんですよ」

オザキにいわれてよく見ると、他の生徒は正しく書いているなかで、二人だけが「燃」の一部の線が一本少ない誤った字を書いている。

証拠としてはやや弱いと思いながらも、

「理科の時間、この子たちと栗沢の席は近いんですか」

「燃焼のテストをしたときは、この子は栗沢くんの左の席でした。星座の回は、やはりこちらの子が栗沢くんの左側です」

生徒のひとりが「黒板が見えにくい」と訴え、理科と社会の日に一度席を替えたという。

「先生は栗沢が見たと思われますか」

「テスト中、あやしい素振りは何度かありました」

「答案はもう返却を?」

「はい」

「そのときには何かおっしゃったんですか」

「全体に対しては、『となりの人の答案を見るとかよくないことをしたら、先生には判るんだぞ』といいましたが。栗沢個人に対しては何もいってません」

その対応は正しい。長年、現場を経験しているだけのことはある。だが次の手を打つとなると非常勤教員一人の立場では判断できず、相談してきたのだろう。四、五年生の指導責任者は曽谷だ。

「弟の方はどうですか。同様のことは」

答えは、「兄弟ですからね」だった。

栗沢兄弟の素行はよくない。口達者な女子を生意気だと思うのか、グルになり乱暴をはたらいたこともある。二人がかりなので質《たち》が悪い。曽谷や、他の厳しい教員の前では目立つことをやらない狡猾さもある。同じ小学校に通う生徒の保護者から聞いた話では、クラス担任がしっかりした中年男性のときはおとなしかったが、学年が変わって新人の教員が担任になると好き放題をしているそうなのだ。

この先助長されても困る。一度ガツンといっておくべきだと判断し、先週、授業の合間に曽谷は兄弟を空き教室へ呼び出した。

物的証拠としてオザキから答案を借りておいた。

休憩時間に呼び出された、よく似た顔の兄弟はあからさまにふてくされていた。

何で呼び出されたのか判っているか、という前置きはなしで、

「最近、勉強が難しくなってないかい」

と訊くと、兄弟は顔を見合わすこともなく、警戒した同じ目付きを曽谷に向けた。

「そんなことないです」

「そうか?」

返事はない。曽谷が何をいわんとしているのか気になっている筈だ。

だが自分たちが先に口を利くのは不利だと思うのか、余計なことは喋らない。

小学四年生ながらそういった駆け引きの知恵はどうすれば身に付くのだろう、とこの時点で曽谷も考えてみるべきだった。

「二人に聞きたいんだが、自分たちの思うようにいかないときはどうする？」

答えない。

「誰かと意見が対立したりしたときは」

「……別に」「何も」

「そうか？　間違っているといわれたりすれば腹も立つだろう？」

春先に、意見してきた女子を二人で囲み泣かした一件を曽谷は匂わせた。二人は黙っている。大人に呼びつけられればもう少し臆するか、しおらしい態度を取るものだが。

「成績が思うようにいかないときはどうだ。宿題が多くて片付かないときとか」

「そんなことはないよ」「ちゃんとやるからだいじょうぶ」

そうか、といって曽谷は答案用紙を取り出した。ものの燃え方の回だが、新しい白紙の答案用紙だ。座らせた二人の前にそれを置き、

「大問一の4と5だけでいい。そう、記述問題のところな。問題を読むから和樹も智樹もよく聞いて答えを書け。何を不安そうな顔してる。和樹はこの問題、テストのときは完璧に答えてマルを貰っただろう」

弟の智樹が兄の顔を見る。呼び出された意味に気付いたらしく、和樹が憎らし気に曽谷を睨む。

「読むぞ」と問題を読み上げると、智樹の方は答えを書こうと真面目に考え出した。和樹は目も手も動かそうとしない。

机の上の答案用紙に目を向けてはいるが、何か別のものを凝視している。

「どうした。確認テストのとき、きみと隣の席のノブカワとは、ばっちり正しく、まったく同じ答えを書いていたとオザキ先生から聞いているんだが」

ばっちり、とまったく、を強調していう。智樹がはっとしたように隣の兄を見る。

二人の答案を回収した。思案しながら書いた智樹の答えはバツ。和樹は空欄のままだ。続けて曽谷は、星座の回の和樹の答案と模範解答を取り出し、並べて置いた。

あえて智樹に、

「これ、どう思う」

と問う。

「こんなふうに一個ずつズレることってあると思うか。智樹」

困惑した表情を浮かべ、弟は答えない。窺うようにちらりと兄に目を向けたが、目を合わせない兄に臆しそのまま視線を落とす。

「オリオン座にある一等星は、お前の兄ちゃんによると北斗七星だそうだ」

曽谷は、燃え方の回の和樹の答案と隣の席の子の答案を出した。名前の欄を隠し、

「このときは兄ちゃんはばっちり合ってる。こっちの答えを書いた子も合っている。どうだ、こ

んなに二人の答えが同じになることってあると思うかい」

と智樹に訊ねた。「漢字の間違いまで」といいながら曽谷は和樹に目を向けた。和樹の肩は小刻みに震えていたが、見破られたことへの慄きではなかった。

「何かいいたいことはあるか」

「……いいえ」

和樹は絞り出すように声を出し、

「で、先生は何で僕らを呼んだんですか」

といってのけた。

「テストのときちゃんと答えられていた問題を、日が経っても覚えてるかどうか確かめたくてな」

ふてぶてしさに呆れながら、いいかえす。

「漢字の間違いが直ってなければ、それも教えておこうと思って」

「………」

「いいか。不正なことをしても、必ず大人は見破るからな」

「不正なことって」

「塾は真面目に勉強して、覚えて、考える、その練習をするところだ。ズルして答えを書くようなやつはいらない。来なくていい。判るか」

「判ります」

それならいい、と曽谷は「智樹も」と弟にも念を押し、二人を放免した。

その後、オザキに答案を返しながら報告すると、「完全に改まるとは思えませんねぇ」と理科教員もすっきりしない口ぶりでいい、曽谷も和樹の口ぶりや目付きから、十分反省させるに至っていないと納得のいかない気分だった。こちらが気付いていること、看過するつもりはないことを知らしめることは出来たと思っていたのだが。

不愉快さもあらわに教場長は、

「栗沢くんのお父さんからクレームの電話があった。教員に子どもが、覚えのないカンニングの嫌疑をかけられ叱られたといっている、とのことだ」

「いつですか」

「今日の昼。ついさっきだ」

教場長は苦虫を嚙み潰す顔になり、「本部に」といった。

「かなり激高して掛けてきたらしい。もう一度訊くが、カンニングをしたとはいってないんだな」

「はい」背中に嫌なものが貼り付く。

「厄介なことになるぞ。覚悟しておけ」

「どういう意味ですか」

「証拠もなくカンニングしたと糾弾されて子どもはひどく傷ついている。真面目にやっている子どもがやる気を削がれ、勉強に対する意欲を失ったら、いったいどうやって責任を取ってくれるのかと父親は息巻いているそうだ」

「証拠ならありますよ」

「確認テストの答案か。逆に、彼らが隣の席の子に見られたという可能性は」

「ないです」と反射的に答えたが、「親が納得する形で客観的に証明できるか」と強い口調で問われ、答えに窮した。

「ないんだな」

「普段の素行やこれまでの成績を見れば」

「毎回〇点だった生徒が突然いい点を取れば、きみはカンニングを疑うのか。がんばったと褒めずに」

今夜、栗沢くんたちの父親が教場に来る、と顔を歪めて教場長はいった。

「判りました」

答えながら授業のことが気になる。だが教場長は、

「本部から野脇《のわき》課長が来てわたしと彼とで対応する。きみは、栗沢氏が来られたときに謝罪だけしろ」

「説明は」と問うと、「何の説明だ！」と教場長は声を荒らげた。

「これこうで、お宅のお子さんがカンニングをしていたのは間違いありません、というのか。それが何の解決になると？」

頭に血が上っている相手の怒りに油を注ぐだけだろうが、といわれて、いまもそうだな、と不思議と冷静に曽谷は考えた。自分の言動は憤《いきどお》っている相手をより怒らせるだけだ。

「どういおうが相手はただの言い訳としか取らない」

「判りました」

頭を下げながらも納得はしていない。

「話し合っている間は授業に入っていろ。きみが必要になればすぐに呼ぶ。顔を合わすことになっても言い訳しようなんて考えるなよ」

父親が教場を訪れるのは七時だという。二コマめの授業中だ。

教場長はいつものくたびれたネクタイを解くと、デスクの抽斗から丸めた新しいネクタイを取り出し、締め直した。対面用に別のネクタイを用意していたのか。

曽谷の入室に遅れて、指導責任者の老教員が何も知らぬ朗らかな顔でやって来る。彼が鞄を置くなり、「ちょっと」と教場長が声を掛け、二人して教務室の外へ消える。釈然としない思いで、曽谷はその日の授業準備を始めた。

六時半に一つめの授業を終えて教務室に戻ると、本部から中学受験クラスを統括する課長の野脇が来ていた。

「事情は教場長から聞いた。非難するようなことや口汚なく罵るようなことはしていないだろうね」

と念を押すように訊かれ、曽谷は「もちろんです」と答えた。

それから野脇は気の進まない様子で、本社の広報部から借りて来たというペン型ICレコーダーを教場長に渡し、使い方を説明した。前もって栗沢氏に録音の件を知らせるか否かで二人の意見が合わない。

時間になり、二コマめの授業に曽谷は入る。

七時少し前に、中年の教員が曽谷を呼びに来た。教務室の前に野脇課長と教場長が立っていた。二人とも表情が強張っている。

一歩下がった位置に立っていろと教場長にいわれ、

「名前をいって、『すみませんでした』と頭を下げたら、授業に戻れよ」

と指示された。自分が何に対し、「すみませんでした」といわなければならないのかが判らない。教員が注意をしなければ誰が生徒の横暴を咎めるのか。証拠がないと教場長はいうが、証拠がなければ生徒は間違ったこともやり放題で、保護者もクレームをつけ放題ということか。

七時にその男が階段を上って来て、姿を現した。

廊下に距離があるうちから、まず教場長が深々と頭を下げた。肩を揺すりながら近づいて来ると、「栗沢です」と男は名乗った。野脇が背筋をしゃんと伸ばし模範的で整った礼で出迎え、曽谷も倣《なら》って頭を下げる。

「この度はうちの教場の教員が」

男と目を合わせずに、教場長はその続きをごにょごにょと口のなかで濁し、すみませんでした、とはいわなかった。

「中学受験課の曽谷です。申し訳ありません」

といって頭を下げる。後頭部に鋭い視線を感じる。

なるほど、この父親に叱られて育てば並大抵の大人は恐くなくなるだろう、と頭の片隅で曽谷は考えた。スーツにノーネクタイの風貌は、企業の管理職にも、見ようによっては恐い人物にも見える。物腰は丁寧だが懐を読ませない。

脅せば他人がいいなりになる、と思うタイプだ。

自《おの》ずと子どもも、そう考えるようになる。

「曽谷は授業がありますので」

教場長は栗沢を廊下の先の面談室へと促し歩き出した。残された曽谷は三人の背中を見送り、それから教室へ戻った。

会談の行方は気になったが、教室に入り生徒に向き合うと、意識から消えた。一時的であっても。いつも通りに授業を終えて教務室に戻る。

会見は終わっていた。野脇課長の姿はなく、教場長だけがデスクに座っている。この時間帯、教場長は中学生の授業担当があるのだが、自習を命じたか、他の教員に任せているのか。疲弊し憮然とした表情でパソコンに向かっている。今夜の経緯を本部へ上げているのだと察して、声は掛けなかった。「すみません」と一言だけいって頭を下げたが、無視された。

指導責任者の算数教員が重たげに身体を揺さぶりながら廊下を戻って来る。

「おつかれさまです」と老教員が声を掛けると、教場長は投げやりに片手を上げて応じた。

しばらくして授業の終わった中学生が廊下に出て来る気配がしたが、そちらを見ることもなく教場長はただ憤慨《ふんがい》の色を顔に浮かべ、文章を書き続けている。曽谷は立ち上がると生徒を見送りに廊下に出た。

戻ると、教場長が両手で顔を覆い、

「とんでもない正義派気取りだ」

聞こえよがしにいった。

すみません、というところだが曽谷は黙っていた。

「どうするつもりだ」

「何がでしょう」といってから、「わたしに、どうするかを決めることができるんですか。今日の話し合いの結果も知らせていただいてませんが」

「聞きたいか」

「もちろんです」

教務室には他の教員たちもいる。誰がどれ程の事情を聞いているのか知らないが、かまうものか。

睨むような目を教場長は向け、

「結論からいえば先送りになった。先方は謝罪を求めている。きみではなく、社として。文書で」

「何をどう謝罪せよとおっしゃっているんです？」

「昨今の時流に合わない厳しいやり方。子どもの言い分も聞かず、頭から悪いと決めつけた指導の誤り。他にも何かいってたな」

「それで？　そのまま受け入れられたんですか」

答えない。答える気もない、といった態度だ。

「不正を起こさないように注意しただけで？」

「先方はそうは思っていない。話を聞いたかぎりでは、わたしもそうは思わなかった。曽谷先生のやり方は抑止ではなく脅しだろう」

「ここは塾ですから。証拠がなくとも教育的指導をするべきだと思います。悪さをする生徒を助長しないようにするのが間違っていますか」

聞いているのかいないのか、老算数教員は涼しい顔で授業報告書を書いている。自分は関係がない、といわんばかりの素知らぬ表情に腹が立つ。

「クレームが出た時点で負けなんだよ」

「どういう意味でしょう」

「正しいことをしたと思っているだろう。だが、客観的にそれを証明することがきみに出来るか。われわれ塾はサービス業だ。顧客が不愉快だと思ったら、サービスを提供しているこちらは負けだ。間違いなんだ」

「不正を正すこともですか」

語気を荒らげた。教場長が蔑《さげす》むような目をむける。

「栗沢兄弟は納得していたか」

「…………」

「きみは不正を正したつもりだろうが、彼らが納得していなければ、それは正したとはいえない。納得していないからこそ兄弟は父親に不満を訴えたのだろうが。脇があまいんだよ、脇が」

言葉を返せずにいると、教場長はさらに強い口調で突き放すように、

「正しいことをしたなんて所詮は自己満足に過ぎない。——クレームを出した時点で教員失格なんだよ。曽谷くん」

曽谷たちが入社してすぐに受けた新卒教員研修の担当官は、声が大きく大柄な寺井《てらい》という教員

だった。いかにも体育会系といった風貌に喋り方で、チーム感を出すのが上手く、頼れる兄貴といった態度が、学生気分のまだ抜けない男性教員に人気だった。

「これからも困ったことがあればいつでもいって来いよ」

と研修の最終日、それぞれの配属教場へ出向く若い教員たちに、太く穏やかに声を掛けてくれたが、それからひと月と経たないうちに寺井は教研ゼミナールから姿を消した。いつものことながらどこで聞きつけて来るのか、耳のはやい水田が、

「セクハラだって。女子生徒相手に何やらよからぬ性的なことを口にしたらしい」

と教えてくれた。

塾というところは離職が多い。自主的にか、仕向けられてそうなるのかは判らない。誰それが辞めた、辞めさせられたの真偽ははっきりしなくても、時間割から名前が消えている。

それからしばらくして、寺井の名前こそないものの、部長からこんな通達が出た。

「体罰は言語道断です。暴言、生徒への不適切な発言には厳格に対処していきます。教員のみなさんは自覚されていることと思いますが、今一度、これまでのやり方や価値観を考え、見直してみてください」

何をかいわんや、と笑う教員も、そんなことを上からいわれる筋合いはない、と憤る教員もいたが、保護者の考え方がここ数年で大きく変化し、生徒と教員の関係の有り様が変わったのは確かだ。曽谷の目から見ても、アップデート出来ていない教員はいる。寺井に続き、曽谷の直接知

らない古株教員が何人かまた姿を消した。

もしかすると今度は自分が。

こんな形で？

寺井教官のセクシャルハラスメントが生徒に因る虚偽だとは思わなかった。「実は研修合宿中にも……」と同期の信頼できる女性教員が、事後に明かした。彼女本人がではなく、寺井と同じ担当教科の小柄な女性教員が嫌な目に遭わされたのだと。

その件が引き鉄となったのかどうか。お達しの発信者である部長は、教員の不適切な行動や言動にはよりいっそうの厳罰で臨むと決めたのだ。

クラス指導部の部長は園田《そのだ》という女性だった。もともとは自身も三人の子どもを教研ゼミナールに通わせていたという。女性ながら部長に昇進したのは、母親の目線、保護者としての感性が高く評価されたという評判で、入塾案内のパンフレットには、「親の気持ちで生徒を思い、プロの教員としてきびしく導く」という彼女の言葉が書かれている。

クレームが出た時点で負けなんだ、と教場長は曽谷にいった。

暴言、生徒への不適切な発言にも厳格に対処する、と園田部長は告げた。

曽谷の進退は部長が決めることになる。間違ったことはしていない、と強く思いながら、脇があまいんだよ、という教場長の言葉が意識の中で繰り返し、曽谷の心を抉る。

栗沢兄弟の父親との面談が行われた翌日、教場長は曽谷の顔を見ようとせず、一言も言葉を交わすことはなかった。上長としてその態度はどうなのか。器の小さいやつめ、と思うが、告げたところで埒が明くわけもない。

いつもどおりに授業を行い、教務室に戻って来たタイミングで電話が鳴った。

「二岡教場、曽谷です」

相手は野脇課長だった。ぞっとする暗い緊張が背中を走る。

「例の栗沢さんのことで。今話せるか」

「はい。お願いします」

「先方さんが何とおっしゃっていたか、教場長から聞いた？」

「謝罪を文章で求められたと伺いました。わたしではなく、教研ゼミナールとして」

他にもまだ何か、と訊ねる。

「曽谷先生を担当から外すようにと」

想定内だ。

「自分たちは、二岡教場に通うのを辞めるつもりはないと」

「では」

異動ですか、と問い掛け、栗沢の父親が求めているのは自分を馘《くび》にすることだと思う。理不尽だ。

教場長の不機嫌の理由もこれで理解できた。負い目を感じながら、二岡教場であの兄弟を引き受け続けなければならない。より無理難題を吹っ掛けてくることも、横暴な態度が取られることも容易に想像出来る。自分のこの先が気になりつつ、このとき初めて教場長に対して申し訳ないと思う気持ちが曽谷のなかに生まれたが、もっと上手く最初から対処すればこうならなかったのではないか、とも思う。

「結論からいうと、きみが二岡教場を外れることになる」

硬いが、同情も憤りも感じさせない声で野脇がいう。

「聞いてるか」

「聞いています」

「言い分もあるだろうが。総合的な部長の判断だ」

「それで先方は納得されるんですか」

「納得してもらうしかないな」

「文書は？」

「出さない方向で検討中。タケイ先生の指示を仰いでいる」

外部監査を務める弁護士の先生の名を野脇は口にした。大事になった、と思った。

受話器を押し当てている耳が痛い。

「外れるのは二岡だけですか」

「どういう意味か」と野脇。

「会社から、この教研ゼミナールから外れろということは」

「ない」それはない、と野脇が早口で繰り返す。

「判りました」

どうにでもなれ、という気持ちだ。「それで、わたしは明日から何を？」

「きみは今日限りで二岡を外れ、明日から本部出勤になる。まずは始末書を書いて、明日中にわたしに提出。顚末書はわたしが書く。書式等については自分で調べ、書くのは起こった出来事と謝罪のみ。言い訳めいた説明は不要」

「判りました」電話なので見えはしないが、申し訳ありません、と曽谷は頭を下げた。

「教場にあるきみの荷物は全部今日中に引き上げなさい」

「引継ぎは」

「まだ後任も決まってない」

そういわれて申し訳ない気持ちが半分。あとの半分は、バタバタと幕引きを図る判断が本当に正しいのか、と自分のしたことはやや棚上げ気味に、訝しく思う気持ちだ。今夜のうちにか明日の昼かに誰かが打診を受け、「とにかく今日だけ適当に授業をやってくれ」と無理をいわれる。自分がしてきたことはそんな安易なことではないぞと思う。

新人研修では耳が痛い程、「大切なのは授業準備だ」といわれてきた。実際には授業にただ穴を開けないために、畑違いの教員が丸腰で放り込まれ、お茶を濁すように乗り切ることがある。

とにかくそうして、納得がいかないまま、曽谷が二岡を外されることだけは決まった。

教務室にあった大きめの百貨店の紙袋にテキスト類を詰め込み、教場を出た。

新人研修を終えた春先、

「希望どおり中学受験クラスの担当をしてもらう。配属は二岡教場だ。算数を教える指導責任者の先生はベテランだが、この一年で定年になる。次年度からは曽谷先生に担ってもらうので、そのつもりで」

そう野脇に告げられたときは嬉しかった。

あれから半年も経たぬうちに。いったい自分は何をしているんだ、という思いと、自分が何をしたのか、という思いが交錯する。地下鉄に乗り、力なく身体を投げ出して座る。もうこの駅から終電近い電車に乗って帰ることはない。二岡教場に未練はないが、生徒の顔を思い浮かべると、片っ端から詫びたい気持ちになった。五年生も四年生も途中で投げ出してしまい、これも自分の落ち度なのか、と曽谷は考えた。どうにかしようがあった筈だと思い、どうすることも出来なかった自分が無力なのだとも。

乗換駅で別の路線の地下鉄を待つ。そこから五つめが、学生時代から住んでいる賃貸の部屋がある駅だ。

だがその夜、最寄りのその駅ではなく、ひとつ手前の駅で曽谷は降車した。そこと部屋のある駅の間が市境で、大きな河川が流れている。歩いて橋を渡って帰れば、十五分程の道のりだ。これまで何度もそうして帰っていた。

やるせないことや辛《つら》いことがあった日の夜は。

河川に跨る橋に差し掛かる少し手前、表の大通りから入った住宅地の中に、ピンクを基調とした可愛らしいケーキ屋の店舗がある。夜遅い時間は当然閉まっている。曽谷が目指すのはケーキ屋ではなく、その二階。大学生の頃にアルバイトをしていた、小さな地場塾の教場だ。

文系教科を塾長が教え、理系教科を数名の学生アルバイトが、経理と事務を兼ねた塾長の奥さんが小学生を担当していた。大半の小学生はそのまま公立高校受験を目指し中学部に上がる。アットホームな塾だった。

「出来ますか。おれに」

「出来る、出来る」

きっかけはゼミの先輩に誘われたことだ。何事もポジティヴに乗り切ってきた先輩は、後輩も自分と同様、何事も容易にやれると思っている。だが、卒業する自分の後釜として曽谷に白羽の矢を立てたのには理由があった。誰に聞いたのか、

「曽谷、中学から清明なんだろう。それなら大丈夫だよ」

これまで何度も似たようなことをいわれてきた。

塾長は一見強面の大柄な中年男性だったが、着慣れないスーツでやって来た曽谷の提出した履

歴書を見るなり、へーっと感心した声を上げ、

「中受経験者ならありがたい。うちにも今年は何名かいるんだ。私立受けたいって生徒が。清明だって？」

「はい」

先輩の人的評価の後押しもあり、あっさり決まった。

私立中学の序列は大学合格実績やコース編成といった施策で年々変わる。そのなかで清明学院はもうずっと伝統ある名門男子校としての地位を保ち続けていた。

圏内にもう一校、紡城中学校という有名男子校があった。清明のより上を行く名門校で、最難関。受験生が全国から志願して来る。中学受験事情に詳しくなくても、清明が「あの紡城中に次ぐ」学校であることは知られている。

塾長は、「創業以来の高学歴だ」と曽谷の学歴を褒めた。高校からではなく、中学から入学している点を高く評価し、

「おれも本当は受けたかったのよ」

と私立中学受験に憧れがあったことを口にした。

教場はケーキ屋の二階の、ひとつだけ。教室は一フロアで、四つ。

五年生と六年生に数人、私立受験を志望する生徒がいて、その生徒を曽谷は任された。指導するおもしろさを知り、合格した生徒や保護者から感謝の言葉を頂戴し、意義を知った。

やがて、自分が選ぶ仕事として塾教員もいいな、と思うようになる。

「卒業後も残ってここで教えたい」と曽谷がいえば、塾長も奥さんもきっと喜んだだろう。だが選んだのは大手ブランド塾で、卒業と同時に曽谷はその地場塾を辞める。

はたしてそれが正しかったのか。

改札を出て、重い紙袋を手に曽谷は階段を上がった。夜気のなかに湿った水の匂いがする。雨にも似た、河川の匂いだ。

自動車がスピードを上げて行き交う大通り沿いを歩き、ひとつめの角を折れた。住宅地に入ると、ひっそりと静かになった。ぼんやりと青白く輝く街路灯が足下に影を作る。教場までの道は足が覚えていた。冷たい色をしたアスファルトの路上で様々に形を変える自分の影を見ながら、大柄で豪快でそして人のいい塾長の顔を思い浮かべた。気持ちが折れる度に、その人がいる場所に縋《すが》るように舞い戻る自分は何とだらしがなく不甲斐ないのか。

――そうだな、大手には、いい教員もいるだろう。揉まれて、きみも上手になれ。

卒業間際、最後の挨拶に訪れた曽谷の肩を塾長は叩き、そういって笑った。

ピンク色の壁の店舗がある角まで来た。大学に通っていた後半、二年間。ほぼ毎日、生徒と向き合い、教員仲間と過ごした場所。そして離れた。この時間、ケーキ屋はもちろん閉まっている。シャッターに貼られたお誕生日、こどもの日、ファーザーズディ、とイベントごとに販売される時期ものケーキのチラシを見ながら、ふと顔を上げると、二階の教場の窓に明かりが灯《つ》いている。

就職してから何度もこうして夜の中を訪れ、そして誰とも顔を合わさず立ち去ることを繰り返してきた。

そしてこの日も。重たい紙袋を提げたまま、教場の窓を見上げた。

どれだけの時間、そうしていたのか。

やがて、足下に視線を落とし、曽谷は立ち去った。

中学受験生と葉村

本部では野脇課長の側のユーティリティデスクが曽谷の専用になった。各教場へ送るプリント類の手配や、入試対策講座のシフト組み、その他諸々の資料作成をやる。

出勤時間も変わった。教場で指導していたときは午後だったが、総務や事務職員と同じ九時半に出社する。夕方に退社すればいいのだが、野脇をはじめ幹部教員たちが残っているので、最初の数日は夜まで残った。切り替えられたのは、「冬期講習や入試対策講座が始まると担当もしてもらう。休めるときに休んでおきなさい」と野脇に言葉を掛けられてからだ。

二岡教場を外れてしばらくした頃、同期の水田からＬＩＮＥがあった。

「大丈夫か」と届いたので、「何が？」と返す。

いつものことながら、どこで聞きつけてくるのか、

——「クレーム入れられたんだって。やり過ぎたか」

水田とは新人研修以来のつきあいだ。見た目や喋り口調こそ軽薄で、要領だけがいいと思われがちだが、その実、気配りが出来て洞察に長けたやつ、と曽谷は思っている。その水田は曽谷の

ことを、穏やかに見えて実は熱血過ぎる、という。

――「不正を正したつもりで、逆ギレした保護者にねじこまれたんだって？」

とかなり正確に情報を仕入れている様子。

同期の友人として気に掛けてくれているのか、水田は頻繁にＬＩＮＥを送ってきた。本部には主任以上の管理職が常勤し、研修や会議の日には他教員も多くやって来るが、曽谷に声を掛けるものはいない。問題を起こした教員と話している姿を見られたくない気持ちは、曽谷にも理解できる。

水田がＬＩＮＥを寄越すのは、だいたいが授業終わりの深夜だった。数週前までは自分もそうだったのだが、こんな時間までご苦労だな、と他人事のように思う。

――「本部の居心地はどうだ。慣れたか？」

「健全このうえない。出社も退社もほぼ定刻。お前も本部勤務になれ」と送ると、ポワンとＬＩＮＥの画面に返信の吹き出しが出て、「莫迦《ばか》」と表示された。

そのニュースを水田がもたらしたのは、入試直前の対策講座が始まるという頃だ。本部にいながらにして曽谷の知らなかった情報を、先に摑む水田には、ただただ驚かされる。

教場はまだ授業時間中だというのに、最近の曽谷は、帰宅した部屋で夕食を済ませ、缶ビールを飲んでいる。このままもう自分は指導の現場に戻れないのでは、と思いもするが、手元には野脇と作った対策講座の担当表があり、それには年末年始休みなく曽谷の名前が入っている。元日と正月の二日は担当を希望する教員は少なく、埋まらないコマに意地のように自分で名前を書き入れたのだ。

ぼんやりテレビのニュースを見ていると、テーブルの上のスマートフォンがＬＩＮＥの受信を知らせて鳴った。時刻からみて水田だろう。と同時に嫌な気がした。根拠はないが何かよくない知らせの気がする。

開く。

――「葉村先生、今年度いっぱいで退職。知ってたか」

誰情報？　とも、本当か、とも質す気にはならなかった。画面を開くまでの嫌な感じがまだ指先にまとわりついている。何だったのか。テーブルの上の缶ビールを取り、口をつけた。少しだけ残っていたのを呷って飲み干した。

返信せずにいると、再び画面に水田の送ってきた吹き出しが浮かぶ。

――「前後したが、いつでもいい。合格体験記を見てみろ。葉村先生ファンの曽谷必見」

と文面が出る。

本部と同じフロアに書庫があり、ハンドル式で開閉するスチールの書棚に、教材、入試関連資料、発行物のバックナンバー等が並んでいる。職員は誰でも入れるが、クラス指導部の教員が出入りすることはあまりない。時折、曽谷は息抜きに行く。用度課の職員が探し物に来ることもあるが、相手は菅谷のことを知らない。何をするわけでもなくただ過去の教材を見たり、入試問題を頭のなかで解き、暇を潰す。

その日は違った。探しているものがあり、それは奥まった位置の書棚の最下段に並んでいた。合格体験記だ。

多くの大手塾が志望校合格した生徒の作文を情報宣伝に使っている。教研ゼミナールのそれは、プロのカメラマンが撮った写真を用いた、凝った製本のカラーの冊子だった。数年分、並んでいる。

最初に手にしたのは二年前のもので、目次に二百人ほどの生徒名と在籍教場名が書かれていた。当然、二岡教場の名もある。

見ると、二岡の指導責任者の老教員は容貌がほとんど変わっていない。短い丸みを帯びた指でVサインを作り、笑っている。人の好いおじいちゃんだ。いっしょに写っているのは髪をくくった女子で、中堅の女子校に受かっていた。こちらも満面の笑みで、四人の担当教員への感謝を、つたないが素直な文章で作文に綴っている。

隣のページは、スポーツをしていたことがひとめで判る、体軀のいい丸刈り頭の男子だった。夏期合宿のご飯が美味しかったこと、直前の社会の授業でようやくサンフランシスコ平和条約という単語が覚えられたこと、入試当日の朝、靴を履いて母親と出掛け、電車に乗り、学校まで行く様子を延々と書いている。誰かが手を入れてやればいいのに、と思うが、二岡の教員ではさもありなんという気がした。

塚ノ台教場、泉ヶ原《いずみがはら》教場、希望が丘教場……と教場名が並ぶ。こうして見ていると、各教場にはそれぞれカラーというか、言葉では説明し難い空気がある。

教務研修で紡城中を分析したベテラン国語教員が指導する教場の生徒の作文は、いずれもやや上からで、自分たちはかしこい、という優越が感じられた。気のせいか。曽谷の偏見かもしれない。

めくると北沢教場の生徒のページが表れた。

爽やかな笑顔がいかにも少年、といった雰囲気の男子生徒が笑っている。合格校は清明学院。

「中学受験の勉強はとてもきびしくて、何度もくじけそうになりました。葉村先生にも何度も叱られましたが、なかでもいちばん怒られたのは塾をやめるといったときです。そのとき葉村先生から『何でも簡単にできると思うな。練習して初めてできるようになることの方が多いんだ』といわれて、目が覚めた気がしました。」

と作文に書いている。

少年の隣には父親らしい眼鏡の男性と母親。その後ろに葉村が写っていた。笑顔と真顔がいい具合に混じった柔らかい表情を葉村は浮かべていた。ぎこちなさも驕りもない。あくまで主役は受験生だ、といった控えめな態度だ。

以前、二岡教場で、「この問題、どう解く?」と問われたときのことを曽谷は思い出した。無意味な優越も、きみに判るかと見下す感じもなく、ごく自然な口ぶりだった。あのあとの分析会で、「もっと詳しく説明をしてほしい」とベテラン教員に求めたときも、強く追及するでもなく、口調になじる気配もなかった。

会社という組織のなかに入ると、上下関係や優劣を強調する態度がすぐ言葉に表れる者がいたが、葉村は違った。

写真のなかの葉村の表情を見て、そういった関係から切り離されたところにこの人はいるのだ、と曽谷は思った。

次のページには、お洒落で上品なワンピースを着た女子が、本人以上に破顔した両親にはさまれ変則Vサインをして写っている。

「国語が得意で、これだけは誰にも負けないと思っていました。いま思えば、ちょっといい気になっていたと思います。算数の成績が上がらず志望校をあきらめかけたとき、『美咲《みさき》はまだ何もやっていない』と先生にいわれました。もとからあった力だけで勝負しようとしているだろう。でも、できることしかやらなければこの先何も得られないぞ、と。できないからやめる、ではなく、できないから、やる。あきらめずに何度もやる、そのことの大事さをわたしは先生に教えてもらいました。」

ページをめくる。次、さらに次……と合格を得た子どもたちの作文を読みながら、二岡教場の生徒がどうでもいい入試当日のことをひたすら詳細に書いていたのは、それしか書くことがなかったからだ、と思い至った。

簡単に出来ることばかりではない。練習して初めて出来るようになることの方が多い、とある男子はいわれた。

出来ないことをあきらめるのではなく、出来ないからこそやる、と教わった女子もいる。

心に残った教員の言葉を彼らは作文に書き、後輩たちに伝えようとしていた。

二岡教場の生徒は教員から何を教わったのだろう。彼らには、これからの受験生たちに伝えるべき言葉がない。ないのは彼らの責任ではなく、伝えるものも術も持たない大人に非がある。教員に非がある。

おれはここで何をしているのだろう、と曽谷は思った。こんな書庫の片隅で。

目の前には誰もいない。伝える言葉や方法があるか以前に、生徒に向き合ってさえいない。

込み上げる感情の嗚咽を抑え込み、曽谷は子どもたちの作文が掲載された冊子を元の場所へ戻した。

書庫のドアが開く気配があった。

「こんなところにいたのか」野脇だった。

「探し物、でもないだろう。本部が窮屈で居心地がよくないのは判るけどね」

「いえ」と言葉を濁す。

「来週は入試対策講座もある。現場復帰だな。頼むよ」

「判っています」

「準備は大丈夫かい」

「概《おおむ》ね。出来ています」

「適当に戻って来いよ」といい残して野脇は書庫を出て行こうとする。

「課長」その背を曽谷は呼び止めた。

立ち止まり、せまい書架の間で野脇は振り返る。

「北沢教場の葉村先生がお辞めになると聞きました。本当ですか」

訊ねると、少し間があった。

「誰から聞いた」

「噂で」

噂の出所を追及することはなく、「そういう話になっているみたいだな」とだけ野脇は答える。

この時期、中学受験課長がエース級の教員の退職について知らないわけがない。答えられないということか。

「判りました」

それ以上の会話はない、と曽谷は思った。

「気になるか」野脇が問う。

「なります。葉村先生の姿勢を見習いたいと思っていますので」

「きみは彼の授業を知っているのか」

「一度だけ。といっても二岡に代講で来られたときに、少しお聞きしただけですが」

教務研修の分析会が印象的でした、というと、「なるほど」と野脇は微かに笑みを浮かべた。

「その二度だけです」

「それでも何かしら、感銘を受けることがきみにはあったんだな」

「そうです」

「残念だな」

という野脇の言葉で、葉村が退職するのは確かなのだと理解した。

「葉村先生の勤務は年度替わりまで、でしょうか」

「そうだ」と重い口調でいうと、

「いえるのはここまでだ。戻ろう」

曽谷の返事も聞かず、背中を向ける。ドアを開けて書庫を出ると、廊下の天井からの照明がまぶしく曽谷の目を射た。名札を下げた職員が入れ替わりに、野脇に会釈して入室し、曽谷の姿を見つけて、「失礼します」といった。


年が明け冬期講習が終わると、入試時期が始まる。

どの学校へ入試応援に行くか、合否確認には誰が向かうのか、といった割り振りが決まる。中学受験に携わる教員の誰もが奔走するなか、曽谷は本部待機となった。次々と入る合否連絡を受け、精査しまとめて発信する、重要な仕事には違いない。

統一解禁日といわれる入試の開始は、土曜日だ。その日の夜にはもういくつかの学校がインターネット上で合否を発表する。

最も慌ただしくなるのは翌日曜日で、後期試験、発表、と行事が多い。部門の異なる高校受験課の教員は休みで、野脇課長は外に出て激励に走り回っている。入試対策課の職員がいるのは別の部屋だ。

いつもは人で溢れているフロアに曽谷はひとりでいた。

連絡は多いがタイミングはほぼ同じ時間に集中し、ひっきりなしではない。最初のピークは午前十時で、十四校の合否発表があった。

次々と入る結果連絡に、何本かの電話には出そびれ、掛け直し、その間にまた別の電話が鳴るのを同時に取り……していているうちにあっという間に時間が過ぎて行く。嵐に似た怒濤の電話攻勢が止み、合間でひと息入れていると、ブラインドを半分程下ろした北向きの窓から薄明るい冬の日が射し込んでいるのが目に入った。天井や無人のデスク上に幾何学的な模様の影が落ちている。

重大な出来事が、自分を置いて外の世界で進行している気がする。

気を抜くと無力感に襲われる。立ち上がり、デスクの間をうろうろと歩き回り、また席に着いた。

ある教員は二次試験の生徒応援へ行き、その足で発表、午後入試、二時から発表を見て、教場へ補習や面談をしに戻るといった。別のある教員は、受けそびれた電話を掛け直した曽谷に、「申し訳ない。急ぎで移動中なんだ。教場に着いたら電話する」と早口にいった。

手書きで作った予定表を曽谷はデスクに置いていた。○○中学応援（担当：●●先生）、△△中学発表（確認担当：▲▲）と書いたその上に、済む度に線を引いていく。

ふと窓の外に目を遣り、半ば下がったブラインドの外で冬にも葉を落とさぬ樹々の緑が揺れるのを見た。二岡教場の生徒たちはどうなのか、と気になった。受験生の合否を打ち込んでいるデータを立ち上げる。各教場が提出した、本命校と併願校を書き入れた受験者名簿だ。一日目の結果次第で二日目、三日目の受験校が変わることもある。ここまで初日の出来はどうなのか……。

壁の時計に目を遣ると午後二時近かった。二度目の発表ラッシュの時間が来る。

しんとした広い室内で電話が鳴り出す。受ける。

おつかれさまです、の挨拶もそこそこに、「篠川《しのかわ》学園附属の合否、口頭で大丈夫？」と疲れも露わな声で電話の向こうの教員が訊く。受験者名簿を曽谷は手元に引き寄せ、

「お願いします。どうぞ」

「番号いうよ。１１０１８○、１１０２２○、１１０２６×、……」

男女合わせて二十八名の受験者の合否を、復唱しながら聞き終えた。二十一名の合格。不合格者は名前を挙げて確認する。出願締め切り後に発表された倍率は二・四倍だった。

「健闘したと思うんだがなぁ」と中堅教員。この後は自教場に戻り、明日入試の生徒の補習をするという。

「おつかれさまです」と告げて受話器を置くなり、次の電話が鳴った。

人の行き交う気配があるなかで早口に知らせる教員や、事務的に淡々と結果を告げる教員。疲労のせいか、自分の受け持つ生徒が結果を出せなかったのか、不機嫌な口調で伝えて来る教員もなかにはいる。

伝えられた情報を名簿に書き込み、データで打ち込むと、一斉送信で中学受験課の教員たちに送った。

三時を過ぎてまだ、二時に発表があったなかで合否連絡のない学校が一校あった。

難度の高い学校ではない。ただ同程度の他校が昨年大学実績を落としたこともあり、直前に受験者数が跳ね上がっていた。不測の不合格が出る可能性があったが、曽谷が気になっている理由はそれだけではない。

受験者名簿に二岡の生徒の名前があった。偏差値的にやや厳しく、昨年並みなら五分だったが今年はどうか。丸顔の指導責任者の薄っぺらな笑顔を曽谷は思い浮かべた。「押し留めても保護者は納得しないだろう」と二岡の教場長ならいいそうだ。

発表から一時間が過ぎている。連絡の電話に出そびれたのか、と曽谷は思った。他の電話に出ている間に受け逃したのかも。

合否確認の担当者は、葉村だった。

教員の携帯電話の番号は調べれば判る。こちらから掛けようかと考えたとき、デスクの上の電話が鳴った。

「遅くなった。申し訳ない。恒成《こうせい》学院の合否、いいかい」葉村がいった。

「お願いします」

「受験者二十一名、合格二十名」

不合格は、ひとりだ。

決められた手順を省略することなく、葉村は受験番号と○、×を告げていく。受験者名簿に合否を書き入れながら曽谷は生徒名の欄に目を走らせた。

番号で合否が告げられると曽谷は、ひとりだけ×のついた不合格者の名前を挙げて葉村に確認した。

「不合格は、岸井涼太《きしいりょうた》ですね。教場は、二岡教場」

「そう」

「保護者か生徒本人と会われましたか」

「会った。いまもまだいらっしゃる」

「どこにですか」

「学校の敷地を出たところ。本部に結果連絡するので、少し時間をくださいといって、いまこの電話を掛けている」

「他に、二岡の教員はそこには？」

老教員は今朝は別の学校に入試応援に行ったが、その後どこにいるという報告はない。合否連絡の電話が遅かった理由を曽谷は理解した。教場の指導責任者へ岸井親子が連絡したかどうかを問うと、

「連絡先をご存じないらしい」

「それで葉村先生が、岸井くんといっしょに……？」

「そう」

「このあとは葉村先生、ご予定は」

デスクの上にある筈の教員のシフト表を探しながら訊ねた。

「北沢教場に明日受験の生徒が来ているけど、算数の担当者がいてくれている。しばらくは大丈夫」

「すみません」

「どの教場の生徒でも、不合格で落ち込んでいる側にいてやるのは当然だろ。次の試験に合格するようにアドバイスするのも、教員の仕事」

さらりと葉村はいうが、どれだけの教員がそれをやれているのか。

不合格になった岸井という生徒を曽谷は覚えていた。六年生担当の国語教員が不在のときには

質問を受けたこともある。塾教員の意識は難関校の合否にばかり向きがちだが、その存在が最も求められる場面は、難度と関係なく不合格と知ったその場ではないのか。

待機するだけの自分の立場が歯痒かった。

葉村が続けていう。

「お母さまは、こういうこともあると思っていました、と理解を示してくださってるけど、本人のショックが大きくて。そりゃそうだよな。明日は栄中《さかえ》の二次だって?」

「そうです」

併願表の内容を思い出しながら答える。

「岸井は、大丈夫でしょうか」

「大丈夫さ。コツも教えておいた」

「コツ?」

「こうすれば栄中は受かるって」

そんなものあるんですか、と前のめりに問いかけて気付いた。電話の向こうで葉村は笑っている。

「ありがとうございます」

「じゃあ、もうちょっとだけ話してから、北沢に戻る」

「お願いします」

受話器を置くと曽谷は、少し離れた正門の側で佇む親子のところへ戻る葉村の姿を思い浮かべた。岸井涼太と葉村は代講のときに会っているが、一度だけだ。

入試は不合格になることもあるんだ、といわれて、子どもは「判っている」と答える。だが、実感として理解は出来ない。

時間をかけても必死にやっても、模試の事前判定がAでも、不合格になる子どもはいる。実感のなかった「取り返しのつかなさ」を、そのときになり初めて知る。

岸井涼太が、入試に対し迂闊《うかつ》だったとは思わなかった。だが落ちた。どうしようもなく取返しのつかないことに彼はいま直面し、傷つき呆然としていることだろう。耐えるのは難しい。だが乗り越えなければならない。試験は明日もある。受けなければ前には進めない。

俯く岸井に葉村が話し掛ける。心配顔だった母親が葉村の言葉を聞き、子どもの背中を優しく叩く。暗い面持ちだった子どもはやがて顔を上げ、形のない何かを受け取ると、口唇を固く結んで頷く。

こんないい教員が、と発表があってからの一時間に想いを巡らしながら、気付くと曽谷は口唇を噛んでいた。

書庫での野脇課長とのやりとりを思い出し、なぜなのか、と考える。会社に不満がある、この仕事に魅力がない……。いずれも違う気がした。年度替わりまでか、と訊ねた曽谷に野脇は「そうだ」と答えた。はたと、自分が葉村に会うことはもうないのか、と思った。多くのことを知る機会を逃した気がする。書庫で見た、あの合格体験記に生徒が書いていた言葉。生徒に伝えようとしたことを自分も聞きたい。

だがそれは、葉村からの言葉ではない別の形で曽谷は知ることになる。

中学入試の期間が終わると、塾は高校入試時期となる。中学受験課の教員はひと息つく間もなく次年度の募集期を迎え、説明会や入試結果報告会を行う。

年度の変わり目に退職者が出て、数名の教員が去った。同業他社への転職が大半だが、葉村が別の大手塾に行くという話は聞かなかった。曽谷の訊ねた誰もが、どこへ行くか知らないという。

そんななかで曽谷の本部勤めも終わるときが来た。

「新たな配属先が決まった」と野脇に呼び出された。

「ありがとうございます」と頭を下げる。

「どちらでも参ります」といいながら願ったのは、ただ中学受験クラスを担当させてほしい、ということだけだ。中学受験を統括する野脇から伝えられるのなら、それは叶ったと思っている。

だが、想定しない教場を告げられた。

「きみには、指導責任者として北沢教場に入ってもらう。葉村先生の後任だ」

はっとした。

「わたしですか」

入社して一年経たずにクレームを受け、現場を外された自分が、という不安が初めて曽谷のなかに湧く。

「務まりますか」と問うと、

「務まるかどうかは、きみ次第。真面目に熱心に取り組むべきなのは、どの教場でも同じ。この教場なら出来る、というのは驕りでは？」

と指摘され、「すみません」と曽谷は頭を下げた。自分でも務まる程度の教場がある、と考えたつもりはないが不遜だったかもしれない。もちろん不安はそんなことではない。

「いいさ」野脇はいった。

「葉村先生が辞めて北沢の指導責任者がいなくなった。後任は同じ教科の担当者が望ましい、というそれだけの理由なんだから。きみが国語を教える教員だったのはたまたまだが、人事配置上、都合がよかったんだ」

「はい」

「こういうと身も蓋もないが、葉村先生ときみとの技量がどうこうなんてことは、上は考えてないよ」

野脇は笑って、「わたしもだがね」といった。

教場現場への復帰が決まった。身が引き締まる。

才木と砂生めぐみ

教室と廊下の間の壁は上半分がガラス張りだ。テキストを手に近づいて行くと、室内の様子が見えた。準備をして着席している生徒もいれば、周りで話したりふざけたりする様子の生徒もいる。廊下を歩いてきた曽谷に何人かが気付いたが、自分たちのクラスではないと思ったか、談笑を続ける。

ドアを開くと、「あれ」と誰かがいい、「葉村先生じゃねぇの」と聞こえた。

「六Ｂ１？」

「そうです」

手前の席の女子が答える。

ホワイトボードの前に曽谷は立った。

生徒も席に着く。

「きみたちが六年生になった今日から国語を担当します。曽谷です」

「葉村先生じゃないんですか」

窓際の席の男子が訊いてくる。

「今日から僕に変わるんで。よろしく」

男子はふーん、という顔をして、それ以上はいわなかった。

「出席、取るよ。名前を呼ばれたら返事して」

といって名前を呼んでいく。「坂本」、はい。「楠」、はい。「山下」、はい、――。

北沢教場で曽谷が担当することになったのは中学受験クラスの五年と六年。六年生はB1、B2、そしてSの三クラス。二岡教場と違って生徒数は多く、一クラスは二十人前後。

北沢教場は駅近の視認性の高いビルにあり、一階にはコンビニエンスストアが入っている。その脇のエントランスからエレベーターで二階に上がると受付がある。三階、四階も教室。五階には個別指導教場が併設され、六階から上には歯科医院と二十四時間営業のフィットネスジムが入っている。

教場長は才木《さいき》といった。北沢教場はエリアの旗艦教室で、才木はエリアの長も兼任している。

曽谷は才木とはこれまで面識はなかったが、その特徴的な身体の見た目から曽谷は才木を覚えていた。キレ者と評判の教場長は、背丈が小学生の児童程しかなく会議の場ではひときわ目立つ。

「お世話になります」

頭を下げた曽谷に、

「こちらこそ、よろしく」と才木。

「ご厄介を掛けることのないよう、がんばります」

曽谷がいうと、デスクを案内しながら才木は、

「二岡でクレームを出したことをいっているのですか」

と訊ねた。

「はい」と頷く。

「曽谷先生に落ち度があったとは、野脇課長からは聞いていませんが」

「生徒が不正を働いているのではないかと疑い、咎めたのは間違いではなかったと思っています。ただ、クレームを出すのは脇が甘いからだ、と二岡の教場長にはいわれました」

「なるほど」

「他にも」と曽谷は続けて、

「葉村先生の後任として、わたしはまだ二年目です。受験学年の担当はこれが初めてになります」

正直に思っていたとおりに告げた。

経験不足は情熱で補ってくれれば、や、誰でもなにごとも最初は必ずある、といった決まり文句の社交辞令を才木はいわなかった。曽谷の顔を正面から見て、「判りました」と頷くと、

「葉村先生が辞めて、北沢教場は指導責任者と国語の担当が不在になりました。こちらは曽谷先生が来てくださって有難い。先生は、指導に熱心な教員だと野脇課長からは聞いています」

よろしく頼みます、とだけいった。

十八人の出欠を取ると、次は教材の配布だ。

メインの問題集、漢字用の教材、その解答。「ぱらぱらっと中身を見て、問題なければ後ろに名前を。ペンはある？」教務室から借りてきた黒のサインペンを手にしていった。「ペン貸してください」「おれの貸してやる」「油性でもいいですか」……。手を挙げて質問する子どももいれば、横から口をはさむ過剰に親切な男子もいて、そうそう、この感じだった、と思った。

「名前が書けたら、十二ページを開けて。ノートも開いて横に」

机間《きかん》を回りメインテキストの解答集を回収しながら告げる。

Ｂ１は、北沢教場のなかで三番目のクラスだが、五年時の塾内テストや外部模試の成績個表を見たかぎり、成績がどうしようもないといった生徒はいない。二岡教場のような無理な受け入れをしていないのはあきらかだ。

十二ページは文法問題だった。中学受験生は五年生で助詞までの品詞をすべて習う。その復習で、文節に分ける問題、主語・述語といった成分とその関係の単元だった。

やらせてみると大概は理解している。だが忘れている知識もある。「その人」は「人」が意味の判る自立語なので「その」と「人」で分ける。「降りそうだ」は「そうだ」だけでは意味が判らないので、文節としてはひとつである。

当てられた生徒が答えを間違えると、何人かの生徒が上目遣いに曽谷を見た。新しい担任が、厳しく叱る教員なのか、そうではないのか測る顔だ。「おい、こんなのも判らないのか」というか、「がんばって覚えておこうね」というか。

誤答が出れば丁寧に説明を加えていたのだが、あるタイミングで、

「こういうとき、どうする方がいい？」

と曽谷が問い掛けると、生徒たちは「え」という顔で曽谷を見返した。

「間違ったとき、『しっかりやれ』と怒鳴りつけられるのと、『間違っちゃったねー』とへらへら笑って済ますのと。どっちか選びな」

前列に座っていた小柄な眼鏡の男子は、自分たちが何度か間違えたことで新しい教員が怒っていると考えたのか、「し、しっかりやれ、といってください」と恐縮した面持ちで告げた。面食らった表情を浮かべている男子がいて、いったい何をいいだすのか、と目を見開く女子がいる。冗談だ、ともいわずにそのまま、「じゃ次、いこうか」と次の生徒を当てたところで、窓際の席の女子がくすくすと笑った。

文法問題の解答に続き、補助プリントの文章問題を解かせる。

目安となる時間は演習、解答解説ともに十分だが、思ったより時間が押した。

別に前任者を意識したからではない。

曽谷を悩ませていた「不在の前任者にプレッシャーを与えられる問題」は、授業に入り生徒と向き合うと頭のなかからすっかり消えていた。初めて担当する生徒がどんな答えを出すか、どう説明すれば理解させられるのかを思案することで手一杯、余計なことを考えている余裕はない。

生徒の名前と顔を一致させるだけでも大変だ。

文章問題では、キレを見せる生徒が何人かいた。

ある女子の解答に対し、「理由が一個しか書けてないぞー」と口を挟んだ男子がいる。勝気な見た目の女子で、「うっさいなぁ」といい返すのかと思いきや、「え、どれ？」と普通に問い返し、男子が、「えーっと、後ろから、……八行目か九行目」と説明する。

「あ、本当だ」

人がなぜ他人のいうことを聞かないのか、という主題の文章で、その理由に関する問いだった。

「どれのことだ、オオタ」

口を挟んだ男子に曽谷は訊ねた。

「『自分が経験していることについては、人は経験していない他者よりも自分が正しいと思いがちです』って書いてあるとこです」

「なるほど」

確かにそこだった。解答は二つの要素を必要とし、先の女子の解答には一つめの要素しか書かれていない。男子が指摘したのは、接続詞「また」で繋がれた段落で、その部分も答えに盛り込まなければならない。

そういった生徒の発言を拾っているとあっという間に時間が過ぎた。

解説を終えプリントをファイルに綴じるように指示し、

「連絡帳、出して。宿題書くよ」

ホワイトボードに、次回の漢字テストの範囲とメイン教材から課す宿題ページを慌てて書く。

「次回、六年生になって最初の漢字テストを実施するから。しっかりな」

『漢字テキスト第一回　ページ』と書いたところで、

「漢字練習は何回ずつですか」

と質問の声が上がった。

「五年のときと同じで」

と早口で答えた。教員の指導マニュアルには「テキストのお手本を見ながら五回ずつノートに練習させる」と記載されている。どの教場でも指示する内容は同じだ。

「次回の授業はじめに漢字ノートをチェックするから。丁寧にやってきて」

といって教室を出た。

終わってみれば、みんな普通の生徒だ。授業はよく聞いている。積極的に程よく発言する。ほどほどに間違え、ほどほどにゆるむ一幕もあった。

ガチガチに緊張した授業にならずによかった、と廊下を引き返しながら考えている。

っていたのに。

奇妙な気がした。二岡教場にいたときは、ゆるい空気に飲まれないようにといつも肩に力が入

高校受験課の教員はみんな授業中で、教務室には才木だけがいた。戻って来た曽谷を見て、パソコンのディスプレイから顔を上げる。

「おつかれさま」

手を止めて、「どうだった」と曽谷に声を掛けた。

「普通にやれたと思います。いい子たちでした」

「最初は生徒の方も緊張しているからね。どんな教員なのか、きみの方も見られていたわけだ」

「まあ、そうだと思います」

やりとりをしているところへ、「すみません！」と小走りに戻って来る女性教員がいて、

「曽谷先生、時間通りに入ってもらってだいじょうぶです」申し訳なさそうにいった。

砂生《さそう》めぐみだった。担当は中学受験の算数。

授業前に、曽谷は才木から砂生めぐみを紹介された。

めぐみは北沢教場でもう七年、算数を指導しているという。葉村の後任の北沢教場の指導責任者には適任だったが、担当する教場がもうひとつ別にあり、引き受けられなかった。

北沢教場の時間割では、前のコマが五時から六時四十分、後ろコマが七時から八時四十分。後

ろコマ終了後に両クラス合同の質問タイムがあってそれが九時半まで。休憩時間は、前と後ろのコマの間の二十分間だ。

前コマのＢ１クラスを押し気味に慌てて終えた曽谷だが、めぐみが教務室にもどってきたのはそれよりも遅く、時計を見ると二コマめの開始までもう数分しかない。

「この間に軽食を摂る生徒もいるんですよね」

「います。でも、ここの子たち、短い時間で食べるの慣れてますから」

事も無げにめぐみが答える。

「判りました」

帰宅してから夕食にすると時間が遅くなる。軽食持参で二十分休憩の間に夕食を済ます生徒がいるのだ。

後ろコマ開始の少し前に教室に向かうと、廊下からガラス壁越しに、食事途中の生徒が見えた。「時間通りでだいじょうぶです」とめぐみにはいわれたものの、曽谷の本音としては、「新しい先生が急《せ》かして食べられなかった」といわれるのが怖い。

クレームは、もうたくさんだ。

だが、いざ教室に入ってみると杞憂《きゆう》だった。どの生徒も授業が始まる前にてきぱきと食べ終え、ランチボックスや、ランチョンマット代わりのキャラクターのイラストが入った布をしまうと、筆箱とノートを出しちょこんと机の上に置いた。配布する新しい教材は教卓脇の机の上に積んである。

ここでもB1クラス同様、簡潔に自己紹介をした。今度は誰も、「葉村先生ではないんですか」と訊かなかった。めぐみが前振りしたのかもしれない。

「出席を取ります」と告げ、座席表を見ながら名前を呼んでいく。

Sクラスには、これまでに塾内テストの成績表で見た名前の生徒がいた。

宮井弘人《みやいひろと》は四教科総合順位でいつも上位に入っていた。「はい」と返事のあった窓際の席を見て目が合った。整った上品な容貌だが、優等生といわれてイメージする線の細さや繊細さはない。

松川祥佑《まつかわしょうすけ》の名にも覚えがある。小学生にしては体格のよい健康的な印象の男子で、スポーツでもやっていたのか返事も、子どもらしく元気のいい「はい」だった。

女子にも知っている名前がある。戸畑由奈《とばたゆな》と、上村栞《うえむらしおり》。二人とも現代的な印象の、やや お洒落なませた感じのする恰好に顔立ち。

教材を配布して、名前を書かせた。

B1クラスと同じように「ことばのきまり」を演習する。十分で解かせて解答を始めたが、解説の必要はほぼなく、形容動詞と「名詞＋だ」の識別も、連体詞と名詞を見分ける問題も、答えをいわせただけで終わった。

「ここ質問は？」

と訊いたが特にある様子はない。新しい教員に遠慮しているのでも無視されているのでもないことは、うんうんと頷き聞く様子からも判る。手も動いている。「ポイントはこれが『な』に変わるかどうかだね」と曽谷が強調すると、ちゃんと顔が上がり、目がホワイトボードにむく。

残りの時間十五分で論説文。机間巡視しながらどう解答するのかを見た。文章中に線を引き、アイウエの選択肢のポイントに目印を入れる。手の速さや押さえる箇所に違いはあれ、基本的に解き方はみんな同じだった。よく身に付いている。

小学校国語と受験国語の文章読解では求めるものが違うので、こういったテクニカルな指導を学校ではやらない。だが塾で学ぶそれは受験のテクニックといったものではなく、文脈を正確に追い、内容を深く理解する、より汎用性の高い技だと曽谷は思っている。

生徒が問題を解いている合間、人も車の交通量も多い駅上の交差点の光景を二階の窓から見下ろし、いまごろ二岡教場も授業時間中なのだと、ふと思った。B1の生徒が「葉村先生じゃないんですか」と訊いたように、六年生になった誰かが、「曽谷先生じゃないんですか」と新しく二岡の担任になった教員に訊ねただろうか。

いや、それはもう三ヶ月も前にすんだことだ。

この北沢でちゃんと年度終わりまで指導を続けた葉村と違い、自分はそれ以前の中途半端な時期に投げ出した形で教場を去っている。

合わせる顔がない。自分のことなど誰ももう気にしていまい。そう思うと寂しかった。

信号が変わり、車が動き出す。

ホワイトボードに貼り付けたタイマーがピピ、と電子音を立て、演習時間の終了を告げた。机間巡視していた曽谷は教卓にもどり、

「はい、手を止めて」

といって解説を始める。補助問題なので小問は少なく三つだが、すべて六十字の記述問題だ。「これ、何について書いてある文章だと思う?」と問い掛け、生徒に発言させながら、「人はなぜ他人のいうことを聞かないのか」というテーマを浮かび上がらせていく。

「そうだね」と本文中のいくつかの箇所を指摘し、「線、引いてる? もう一度赤で強調して引いて。波線でもいい」と重要なポイントを全員で確認する。それから答えをいわせていく。

ほぼ全員が正解し、時間通りに授業は終わった。

質問タイムの間は宿題や小テストのなおしなど、生徒は何をしてもかまわない。私語厳禁。教員はそれぞれの教室を行き来して質問受けと補足解説を行う。

Sクラスの生徒に質問で呼ばれている、とめぐみがいうので曽谷はB1の教室に入った。

社会の教材を開いている生徒が多いのは、明日が授業だからか。小テストがあるらしく、書きながら覚え、思い出す練習をしている。曽谷がそばを通っても気にせずに手を動かし、顔を上げ、斜め上の宙を見つめる。次の瞬間あっという表情に変わり頭上に電球がパッと灯る。紙の上を鉛筆の走る音がする。

元禄文化、三大改革、目安箱、と解答欄を埋めている生徒のノートに漢字の間違いを見つけ、正してやる。

しばらくして数名の生徒が算数の宿題をやり始めたのを機に、めぐみと教室をチェンジした。Sクラスの教室へ行くと、国語のテキストを開き、今日出された宿題をしているものがいた。記述解答の答えを書いては消している生徒がいて、宮井だった。悩んでいるところへ近づいていくと、明るい表情で顔を上げ、だがすぐに、はっとした様子で俯き、問題にむきなおる。一瞬浮かんだ表情はあからさまな落胆ではなかったが、その変化が意味するものが曽谷には判った。教員が近づいてきたことに期待し顔を上げた宮井だが、そこにいたのは彼の望んだ教員でなかったのだ……。

考えすぎだろうか。

だが、その宮井に声を掛けることが曽谷はできなかった。

質問受けタイムは九時半までだが、きりがつくまで延長してかまわない。帰り仕度をする生徒もいるが、「終わるまで続けていいよー」というめぐみの言葉で、黙々と続行する生徒もいる。

教室をめぐみに任せ、帰って行く生徒といっしょに一階に下りた。

コンビニエンスストアのある表通りの角を折れて生徒用駐輪所に出る。街路灯の青白い過度にまぶしい光の下に、数名の保護者が待っていた。UFOにアブダクト（誘拐）される人びとに見える。

小走りに近づき、

「今日から担当になりました曽谷です。よろしくお願いします」

と頭を下げた。

「葉村先生、変わるんだって」と女子が母親に告げると、あらあら、と別の母親が声を上げ、また別の保護者が「葉村先生、異動ですか」と訊ねてくる。

「そうです」

「急ですね」「これから六年生になるというのに?」と口々に声が上がった。

小柄で可愛らしい印象の母親が、

「よろしくお願いしますね。うちの子、すぐにサボるんで」

といい、曽谷は「判りました」と答えながら礼をして、彼らが帰っていくのを見送る。

見上げると、二十四時間営業のフィットネスジムの看板に煌々《こうこう》と明かりが灯っていた。髪をアップにした巨大な外国人の女性が口唇をぎゅっと噛み、「Let's」と呼びかけてくる。見上げる角度と照明の反射のせいで、その続きに入る言葉は白く潰れて視認出来ない。

思わず曽谷も、口を真っすぐに結んで噛みしめた。

教場に戻ろうとエントランスにむかうと、入れ違いに中学生の男子が数人、建物から出てくる。

「さよなら」と声を掛けると会釈を返してきた。

教務室に戻ると、めぐみが来て、

「おつかれさまでした」

「おつかれさまです」

「どうでした。ここの初回は」と問う。

「出来ますね。なかなか大変そうだ」

矛盾していると思ったのか、めぐみが怪訝な表情を浮かべる。

「いや。わたしが彼らについていくのがです」

なーる、と頷いて、「ま、それほど気負わなくても大丈夫だと思いますよ」とめぐみはいった。

授業報告書が入っているファイル、それを片付けるキャビネットの位置、清掃について教えてくれる。

高校受験課の教員も戻って来て、授業前に出来なかった挨拶をあらためて曽谷はひとりひとりにしていった。

「葉村先生の後任かぁ、大変だね」「何かあったら訊いてください。わたしも、まだ北沢は二年目なんですが」と誰もが親切だった。

ラーフルの洗い方を教えときます、とめぐみにいわれて教室へむかう。

「曽谷先生は、教研ゼミナールは」

「昨年新卒で、二年目です」

「前はどちらに？」

「二岡教場です」

答えると、めぐみは「あー、そうなんだ」と知っているのか知らないのか、曖昧に答えた。

「ご存じですか」

「いえ、あんまり」

アバウトな性格なのかな、と思っていると、

「今度の六年生でだいたい教場の偏差値平均が五十二くらいですか」

という。

「ええ」

「去年の実績は、いちばんよかった子が常泉《じょうせん》一女でしたっけ」

「そうです」

接点のない筈の教場の成績や進路について、めぐみは知っていた。

質問タイムで使った教室を分担してホワイトボードを拭き、ラーフルにティッシュペーパーを巻き直す。雑巾を絞るのは二階の給湯室、教室で使う箱ティッシュの予備もそこ。マーカーの替インクなどの備品は三階の納戸にある。計算用紙は……とてきぱきと教えてくれる。

教室に戻ったところで、曽谷は打ち明けた。

「クレームを出して二岡教場を外されました」

「クレーム？　曽谷先生が」

「ええ」

「いつですか」

ホワイトボードを拭く手を止めずに、めぐみが問う。

「十月の終わりに。生徒にカンニングの疑いをかけて叱ったと、保護者に捻じ込まれました」

「それは疑い？　それとも事実ですか」

「事実だったと思っています」

自分も清掃の手を止めずに答えた。「でも証拠はありません」

曽谷が前に勤めていた教場を外されたことは、当然北沢の教場長は知っている。「指導責任者も中学受験の国語担当も不在になったのだから、こちらも助かる」と才木はいったが本心はどうか。厄介な荷物を背負い込まされた、と思っていないか、どうか。

教場長以外の教員については知らされていない可能性もある。教研ゼミナールは大所帯なので、一教員の不祥事など些事《さじ》だともいえる。だが少なくともこれから一年、いっしょに教場で指導に当たるのだ。

いちばん不格好なのは、隠していて、あとでそれを知られることだ。自分は間違ったことはしていない。だが是非は関係なく、落ち度として捉え揶揄《やゆ》するものもいる。なにより自身のしたことを誤魔化したと思われるのは癪《しゃく》だ。

共感されようがされなかろうが、早々に話しておく。北沢で勤務する今日この日が来るまでに、そう決めていた。

「ひとつ訊いていいですか」

つま先立ちになってボードの上部を拭き終えたところで、めぐみはいった。

「いくつでも」

「……もしもこの北沢教場で、同じように誰かがカンニングしているかもしれない、ということが起これば、そのときは曽谷先生、どうされますか」

「やめさせます」

「どうやって?」

「話して。厳しく、いいます」

「証拠がなくてもですか」

「決めつけることはできませんが。証拠がないからといって看過はしません」

「それでまた保護者からクレームが出ることになっても?」

それまでシリアスだった口調が和らいでいた。

曽谷も、にやりと笑い、「上手くやります」と答えた。

「そうしてください。ぜひ」

松川祥佑と天然パーマ男子

入室すると、教務室の最奥の教場長席に才木の姿がなかった。飲みかけのコーヒーカップがデスクの上に置いてある。パソコンも立ち上がっていた。面談だろうか。

曽谷はそのままデスクに着き、授業準備に取り掛かった。

ひと区切りついたところで顔を上げると、ガラスの仕切り壁の向こうの廊下を戻って来る才木が見えた。ご婦人といっしょだ。並んで歩くと、女性の方が才木より頭二つ分以上背が高い。だがしゃんと背筋を伸ばした才木の姿は遠目にも毅然としている。手振りを交えながら気さくな様子で話し掛けていた。生徒の母親と思しいその女性も笑っている。社交辞令的な作った笑いではない。

エレベーターの前で立ち止まり、ごく自然な流れで才木がボタンを押す。

エレベーターが来ると、女性が乗り込みきるまで才木はドアを手で押さえて待っていた。それから深くお辞儀し、階数表示が「1」になるまで頭を上げなかった。

教務室に入ってきた才木に曽谷は挨拶した。

「おつかれさまです」

「おつかれ。今日もよろしく」

はい、と答え、

「保護者の方と面談ですか」

と訊ねた。

「六Sの宮井くんのお母様だ」

「何でした」

「大事な受験学年となるところで国語の担当先生が変わられたと聞きましたが、大丈夫でしょうか、と」

自分の表情が強張るのが判った。

才木はイスに腰を下ろすと、コーヒーカップを手に取り、

「今度来た曽谷も、国語指導には定評がある教員なのでご心配なく、と答えておいた」

「ありがとうございます」

「よろしく頼むよ」

ぬるくなっているコーヒーに口をつける。

それ以上は何もいわない。

この程度のことは想定内だ、と思っているのか。保護者がちょっとしたことでもいいにきてく

れるのはありがたい、と才木ならいいそうだ。

才木を見ないように努めながら、頭のなかであれこれ考えてしまう。「気になるかい」とでも声を掛けてくれれば話の続きを詳しく聞くことも出来るのだが。

脈絡なく閃光《せんこう》のように、葉村はなぜこの教場を辞めたのだろうか、という疑問が頭のなかを過《よぎ》った。

続いて、その理由を才木は知っているのか、と考える。

訊けば、教えてくれるだろうか。

いつかこの北沢教場で自分もやり遂げることができた、と思えれば、葉村がなぜ教研ゼミナールを辞めたのか、才木に問える気がした。そう考えることで曽谷は頭のなかから葉村のことを、そしていま見た宮井の母親のことを消した。

その日は曽谷が北沢教場にきてちょうど一週間めに当たる日だった。前コマがB1、後ろコマがS、その後質問タイム。

「次回は第一回の漢字テストを実施する。五年生のときと同じように練習をやって来なさい」と告知していた漢字テストの実施日でもある。生徒が練習して来る漢字ノートのチェック時間を見込み、駐輪所の整理から戻ると、曽谷は開始時間より十分はやく教室に向かった。

入っていくと大半の生徒が席に着き、漢字テキストや書いてきたノートを開いてテストの準備をしている。二岡教場に曽谷が着任した当初、二岡の五年生はそれが出来ていなかった。漢字練習の忘れもあった。ちゃんと練習をして来て、授業前から座り、漢字テストの準備をするところまで全員が出来るようになったのは春期講習明けだ。それが出来るようになると結果は目に見えて変わった。出題四十問のうち、Ｂ１、Ｂ２のほぼ全員が三十四、五点まで取れるようになった。満点を取る生徒もたまにいた。

北沢教場の生徒ならそこまでの姿勢が身に付いていて当然、と思いつつ、

「練習してきたノートを開けて。見に行くから机の上に開いておいて」

と声をかける。

何名かの生徒はもうそうしている。残りの数名もノートを取り出し、開いて机の上に置く。最前列の女子のノートを曽谷は手に取った。

「博愛、博愛、博愛……」と五回ずつ書いてある、と思っていたが、違った。「博愛の精神をもって接する」と文で書かれている。ハクアイとセイシンとセッするの漢字の隣には赤ペンでよみがなも付いていた。「彼は博識なのでたいていのことは答えてくれる」もカレとハクシキとコタによみがなが付いている。百五十個の熟語ではなく、文の形で五回ずつ、百五十の文を書いてきていた。

「文で書くように五年生のときにいわれたの？」

訊ねると、ショートカットの女子は怪訝な表情を一瞬浮かべ、「はい」と頷く。何を当然のことをいまさら、といった顔の彼女に、「その方がいいよな」としどろもどろになりながら取り繕

うようにいうと、

「その方が、使い方も覚えるって葉村先生が」

との返答。

「そうだよね」と答えて、次の生徒のノートに手を伸ばす。

よみがなを書いているペンの色こそ違え、「文」で「よみがな付き」は同じだった。次の生徒も。なかにはトメハネのポイントに印を付けたり、語句の意味を辞書で調べてメモをしたりしている生徒もいた。

書いている分量が曽谷の想定よりはるかに多く、チェックに時間がかかった。開始時間より十分近く遅れてホワイトボードの前に戻ると、

「じゃあ、漢字テストを始めるけど……。その前に挨拶をしよう。今日もよろしくお願いします」

早口にならないように意識して、開始前の挨拶をするだけで精一杯だった。


Sクラスで宿題に出していた論説文のテーマは、「現代は効率優先社会で、ファスト映画といったものが台頭している。しかしもっと時間をかけなければ判らないよさ、ゆっくり味わうべきものがあるのではないか」だった。

百二十字程度で説明せよ、という記述問題を解答している途中、ひとりの女子のところで止ま

った。

「ムトウさん、答えは?」

曽谷が指名した途端、何もいえなくなってしまった。そばへ行き机上の解答用紙を覗き込むと、半分ほど書いたところで途切れている。「さまざまなことを、はやくするようにと求められることが生活のなかで多くなったが、」まで本文中の語句を引用して解答出来ている。曽谷は、二、三、口頭で問いを投げかけてみたが埒が明かず、そのままにするわけにもいかずで、彼女の後ろの席の生徒を当てた。宮井弘人だった。

宮井は答えをいいかけたが、ふと途中で止まると、

「えっと……。判りません」

ホワイトボードの前へ行きかけていた曽谷は、宮井の席に戻り解答用紙を見た。「……時間をかけてこそ、その楽しさや素晴らしさが理解できるものがあるのに、このままではひとつのことに集中することができなくなるのではないかと危惧している。」と書いてある。ほぼ正解だ。

「書いてるじゃないか」

「え、でも」と宮井。

「何?」

「合ってるか自信ない」

「取りあえず答えなよ。合っているかどうかは先生が判断するから。宮井くんは合っていると思

って書いてきてんだろ」

うん、まあ、とごにょごにょと返答する。曽谷はもう一度、「いってみなさい」といった。

「でも」

「いえって」

「うん……」

圧《お》されたように棒読み気味に解答を口にした。

「マル。いいよ」

と告げても浮かない顔をしている。

昼間、教場に才木を訪ねて来た宮井の母の姿が思い浮かんだ。

授業が終わり、休憩時間を挟み質問タイムが始まる。

めぐみと二人で教室を行き来する。十時前に全員が終わると、生徒といっしょに一階へ下りて駐輪所へ行き、お迎えの保護者と挨拶を交わす。教室を清掃し、報告書を書き、共用パソコンで社内メールの有無を確かめる。

それから、今日実施した漢字テストの採点を始めた。

漢字練習の宿題は面倒でおもしろみがないと思う生徒がいる。手を抜く子どものなかには、覚えようという意思もなく、ただだらだらと書いてくるだけのものがいる。成績の向上を願っている筈の保護者が、「漢字を書くことばかりに時間がかかっていて。先生、もっと練習の回数を減らせませんか」といってくることもあった。

二岡教場で子どもたちにテキストの漢字を五回ずつ書く習慣を定着させられたと、曽谷は満足していた。「満点を取らないとだめだ」といいながら、三十五点も取れば、よくやったと褒めていた。

葉村は、北沢教場の生徒に単語ではなく文で、よみがなも書かせていた。ノートチェック中の態度を見ていると誰一人、面倒だと思っている様子はなかった。雑に、慌《あわ》ててやってきている生徒はいなかった。

B1から採点を始めた。十八人。満点の四十点に足りないものは二人。ひとりが三十八点、もうひとりは三十九点だが、おくりがなの付け間違いと同音異義の誤りで、漢字自体のミスはない。

Sクラスは全員が満点だった。

細かなことの積み重ねが結果的に大きな違いを生む。そのことを自分は判っていた筈なのだが。面談の際に、「漢字練習ばかりに時間を取られている」といった二岡教場の保護者の顔が思い浮かんだ。子どもの教育に熱心そうな母親だった。意に反して子どもの成績はいまひとつ。焦りもあったのだと思う。結局、曽谷が担当していた間に子どもは一度も満点を取ることがなかった。満点どころか最高点は、確か三十二点。ややキツい口調で母親から「ムダな時間」といわれたことがずっと気になり、以降特に点数を注視していたのだ。母親の対応に納得がいかないからといって生徒に冷たく当たるような莫迦な真似はしていない。反対に、どうにか上げてやる。満点を取らせてやる、と思っていた。そうすれば、「ほら、お母さん。一生懸命やった甲斐があったでしょう。きちんとやれば結果が出るんですよ」。そういえると躍起になっていたのだ、といまなら判る。

きちんとやれば。

北沢教場の生徒が練習してきたノートを思い出し、自分はきちんとやっていたのだろうか、二岡の生徒にきちんと指示を出していただろうか、と思った。

もし一度でも満点を取っていれば、あの母親も、曽谷の課す漢字練習の宿題の意味を理解してくれたに違いない。結果が伴わなかったから、曽谷のやり方を否定し、批判したのだ。

「まだ帰りませんか。曽谷先生」

背後から声をかけられ、顔を上げた。

砂生めぐみがビジネストートを肩から提げて、曽谷の手元を覗き込んでいた。

「漢字テストの採点ですね。まだあるんですか」

「いえ、終わりました」

「そろそろ出ないと、先生も地下鉄が」

といわれ壁の時計を見る。「あ、本当ですね」

教務室に残っているのは、才木と、年配の英語の教員だけだ。乗り換えに余裕がないのはあとの二人も同じだが、まだ二人とも手が離せないらしい。

「先に出てください」と英語の教員にいわれ、「急ぎな」と才木に促されて、慌ただしく立ち上がる。

教場を出て、地下鉄駅に繋がる降り口を駆け下りた。

「教場が駅近で助かります」

曽谷がいうと、

「いったいこれまで、どれだけこの階段を猛ダッシュしたことか」

笑いながらめぐみが答えた。

ホームに降りた。時間が時間だけに閑散としている。端っこにひとり年配の女性がいて、ベンチには酔って項垂れているスーツの男性がひとり座っている。

「もう慣れましたか。北沢教場」

「ええ」

本当はまだ慣れていない。だが平然を装い頷いた。

「今日は何かありました?」

「いえ」

答えながら、もしかしてめぐみは何かをやんわりと注意でも、あるいは助言でもするつもりでいっしょに教場を出たのではないかと、ふと考えた。あるいは探りをいれるつもりで。才木に何かいわれたのかもしれない。様子を探ってみて、とか。

到着した地下鉄に乗り、空いている車輛《しゃりょう》の座席に座ったところで曽谷は今日のSクラスでの宮井の一件をめぐみに話した。

さもありなん、といった顔で、

「ああ、宮井くんらしいなぁ」

とつぶやく。

「先生の授業でもそういうことがあるんですか。答えを書いてきているのに、いい渋るような」

「いいえ、ありません」

それなら、……と曽谷がいうより先に、

「彼は国語が苦手なんですよ。嫌い、かな」

これまでのテストの成績見ました？　と問う。

「ええ」

北沢教場に来てから、ファイリングしてある個人成績表はすべて見ている。それ以前、二岡にいたときから塾内テストの成績は毎月追いかけていた、とはいわなかった。

「宮井くんは算数はよく出来るんですよ。わたしよりも出来る、と彼自身思ってるかもしれません。だから自分の解き方や答えを人に説明するのは大好き、周りにも自分はこんな解き方をしてきたんだと知ってほしいって思っている」

めぐみは笑いながらいう。

「でも国語だって出来てますよ。あいつ」

曽谷がいうと、まあねぇ、とめぐみは複雑な表情を浮かべる。

「自信がない?」と曽谷。

「そうです。でも彼は利口な生徒なんで、そこから逃げようとはしていません」

逃げられるなんて思ってないのです、という。

「宮井の志望校は紡城ですよね」

個人成績表にそう記載されていた。

「そうなればいいですが、まだ宮井くん本人の口からは聞いていません」

「あいつ自身、行きたいという気持ちは」

「うーん。前はあったみたいですけど、最近はどうなんでしょう。自信がなくなったとか意欲がなくなったということはないと思いますが」

「慎重になった?」

「そうですね。きっと」

夢を持つのは容易《たやす》いが、物事が判ってくるとその夢を叶えることの困難さも同時に理解できるようになる。難しさを知る程、合格したい、と無邪気にいえなくなる。

「そういうときこそ、わたしたち教員の出番です」

宮井が紡城中を受けることにもっと積極的になれるかどうかは国語の成績に懸かっている、とめぐみはいいたいのだろうか。

「宮井の母親から、才木教場長が訊かれたみたいなんです」

「いつですか」

「今日」

「何と？」

「国語の教員が葉村先生から変わったけれども大丈夫か、と」

「才木先生は何とお答えになったんですか」

何も才木から聞かされていないのだろうか。

「教場長は大丈夫だ、と」

「曽谷先生は、何を気にしてらっしゃるんですか」

「宮井は、葉村先生のことを頼りにしていたんじゃないですか」

気弱な言葉が思わず口をついて出た。

「自分は国語が苦手だ。でも、葉村先生なら何とかしてくれる。そう思ってたんじゃないかと」

「そんなことはありません」

口調が少し怒っているように感じられた。

「宮井くんが葉村先生のことを頼りにしていなかった、という意味ではないですよ」

「それは、判っています」

「ただ教員をアテにして、何とかしてもらおうなんて了見、彼にはないでしょう」

といってめぐみは、

「宮井くんが、家に帰ってお母さんに何か告げ口めいたことをいったと考えてるんなら、曽谷先生、それは違うと思います」

きっぱりいいきった。

「葉村先生は葉村先生。でもいまの担任は曽谷先生で、宮井くんはそのことが判らないような子ではありません」

めぐみが過度に宮井の肩を持っているとは思わなかった。

いまの担任は曽谷なのだ、という彼女の言葉は、彼の成績を上げるのはあなたなのだ、といっているように思えた。

「宮井ともうひとり、デキる生徒がいますね。あの教室のいちばん後ろの」

身体の大きな、と曽谷がいうと、「松川くんですね」とめぐみ。

「ええ」

「彼は、宮井くんほどではないですがバランスがいいです」

「確かに」

ポジションはキャッチャーです、といわれれば誰もが腑に落ちる見た目の松川祥佑は、算数・国語・理科・社会のいずれもよく、そして惜しむらくは、いずれもいちばんではなかった。四教科のどれもが二番、総合でも二番。これがあるから絶対に大丈夫、といえる圧倒的決め手となる武器が彼にはない。

だが入試は総合得点で決まるともいえる。

自分の得意教科がその年度に限って平易だった、ということもある。得意な筈の教科が易しく受験者平均が上がれば、他の受験生との差もつかなくなり不利に働く。

「その点では、宮井より松川の方が安定してますよね」

「でも彼にも、ネックになっていることがあります」

「何ですか」

曽谷は訊ねた。

「松川くんは、メンタルがいまひとつ以上に弱いのです」

「気が小さい？」

「親御さんも才木教場長もみんな、そこを心配しています。自分にはこれがあるから大丈夫、といえる決め技のごとき得意科目が彼にはない。コミュニケーションの部分では彼はクラスの友達ともとても上手くやれていて、特に気が弱いと思われるようなことはないのですが、大きなテストとなると気後れして実力を出し切れないことがあるのです」

繊細であることは悪いことではない。無頓着で他人のことなど構わず、蹴落とすのが当たり前、といった無神経な人間よりははるかにいい。謙虚であることは人としての美徳だが、受験においてはその本来美徳であるべき点がときに本人に喜ばしくない結果を招くことがある。

「自信をもてばいい、というのは簡単です。彼は十分、それだけの力を持っていて、それは数字でも出ています」

でも、とめぐみはいった。

「本人の気持ちの問題なんですね」と曽谷。

「そうです。自分の経験として乗り越えることが出来ればいいんですけど」

「でも何かひとつをいまから得意教科に変えるなんて」

「そう、ナンセンスです。四教科がバランスよく安定していることが松川くんの強みですから」

ままならないものだ。傑出した算数の力がある宮井は、国語がそれに比肩しないという問題を抱えている。反対に、四教科が程よくできる松川は、「これだ」といえるものがなく自信を欠く。いざというときに頼れるよすがを持たず、伸び悩んでいる。

窓外の暗闇が明るくなり、いくつめかの駅へ地下鉄は滑り込んだ。乗換駅に着き、「それでは」と曽谷はめぐみに頭を下げ、降りる。

乗り換えのために人通りの少ないホーム間の通路を歩きながら、曽谷は生徒が漢字テストのために練習してきたノートの一件を思い出していた。教員のちょっとした気付きや工夫で、生徒の意欲や伸びはがらりと変わる。指導マニュアルに書かれているとおりに自分はやり、プラス・アルファの意欲を以て二岡の生徒の意欲や姿勢を変えたつもりだったが、足りなかったのだ。同じことをやらせるにしても、教員はもっと多くのことに気付く必要がある。

宮井の顔を思い浮かべ、松川の顔を思い浮かべながら、自分にはそれが出来るだろうかと考え、やらなければならないのだ、とあらためて思った。


翌日、曽谷の担当コマは五年生の二クラスだった。六年生は社会と理科の授業日だ。この日だけは質問タイムもない。

授業終了の時刻になってもSクラスの理科が終わっていなかった。担当者は熱心なベテラン教員で、延長はめずらしくないとめぐみから聞いていた。保護者もそのあたりの事情には慣れている、とも。

社会を受けていたB1、2合同クラスの生徒が退室して二十分程経った時分に、「すみません、伸びちゃって」と理科の教員が申し訳なさげに教務室に戻ってきた。

「いいですよ」

先に五年生の授業を終えていた曽谷は、そう短く答えると、Sクラスの生徒を連れて駐輪所へ下りて行く。

「つかれたー」

天然パーマの頭髪をいつも気にしている男子がそういって、コンビかと思うほど仲のいい小柄な男子とじゃれながら駐輪所の奥へ走っていく。街路灯の青白い光のなかで彼らは影絵となり、そのまま二人は光に飲み込まれるように思えた。

「先生、あの女の人の顔がときどき違って見えるって知ってる？」

小柄な方が振り返り、曽谷にむかって叫ぶ。

「何、それ？」

「表情が変わってるって。ほら、いまは笑ってるでしょ」

教場の入っているビルの上の看板を指していう。

「えー、そうかな。おれには口唇を噛んで気合入れてるように見えるけど」

二十四時間営業のフィットネスクラブの看板の、髪をアップにした白人女性のことをいっているのだった。

曽谷の返答を聞いて天然パーマの男子が、「えーっ！」と声を上げる。

「大声出すなよ。もう遅い時間なんだから」

「先生、あれ笑ってるって」

見上げて、「ほら」という。

ふと見ると駐輪所の真ん中で宮井も、松川も、他の生徒も同じように見上げている。通り掛かりの人が見たら、夜空に円盤でも飛んでいるのか、と誤解しかねない。

男子たちは、「いまは笑っている外国人の女性が、ときにはぎゅっと口唇を噛んだ真剣な表情に変わっている」というホラーな話を聞かせたいらしかった。なのに曽谷が「気合入っているように見える顔な」といったので、思うような展開にならなかったらしい。

「ほら、笑ってるって」

と必死に近い形相でいう男子に、「笑ってないよ。昼間見たときだって、あの顔だよ」と曽谷が下手な真似をして口唇をぎゅっ、と結んでみせると、彼らはその顔を見て笑いころげた。相当に変な顔だったのか。ふざけたところをまだ一度も見せたことのない曽谷が突然変顔をしたのが意外だったのか。

少し離れたところにいた女子が、冷ややかに曽谷と男子たちを見て、「帰ろ、帰ろ」というのが聞こえた。

「先生、さよなら」

本当にもう男子は子どもっぽいんだから、と口に出しはせずとも、去っていく戸畑由奈と上村栞の後ろ姿には、ありありとそういった態度が滲み出ている。

「気をつけて帰れよ」

他に数名いた女子の見送りもあって、駐輪所の出口付近まで小走りで駆けていくと、少し離れたところに戸畑か上村、どちらかの父親らしい男性が立っているのが見えた。頭を下げて挨拶したが、男性は気付かぬ様子で娘たちといっしょに去って行く。遠目に見ただけだが思っていたより若かった。着ているものも今風で洒落ていた。

まだ自転車を出し終えていない男子たちのところへ戻ると、

「男は仕度が遅いな」

と曽谷はいった。誰かの自転車の後輪のリング錠が、錆び付いているのか、上手く外れないらしい。

「先生、あれ何ていってるの?」

カギを差し込んでガチャガチャやっているのは松川だった。

「松川のチャリ?」

曽谷が問うと、横から別の男子が「そう。僕の」という。

「どれ」といいながら松川をどかせ、看板を見上げて訊ねてきた男子に「Let's exercise」と曽谷は答えた。

「どういう意味?」

「運動しよう、かな」

角度的に反射して見えなかったフィットネスジムの看板の科白《せりふ》が、あれ以降も気になり、後日、出勤してきた際に遠回りして確認したのだ。外国人の女性の口の吹き出しにそう書かれていた。

「エクササイズには他にも脳のトレーニングという意味もある。きみたちにもその意味じゃ当てはまるかな」

小さい銀色の金属のカギは内部のどこかに引っ掛かり、まったく動かなくなってしまった。あれ、と曽谷が声を漏らすと「外れますか」と松川が心配そうに訊いた。

「多分。何とかなるだろう」

当の自転車の持ち主の男子が、「だめならお父さんに車で取りに来てもらう」という。松川がなぜか申し訳なさそうな顔をしてその男子に目をむける。

「別に松川のせいじゃないんだろ」

曽谷がいうと松川は、「はい」と答えた。

「ヤスイのところの車は、軽トラ？」

ガチャガチャやりながら問う。ケイトラ？　と未知の怪獣の名前のように問い返したので、

「自転車載せられるくらい大きいの？」といい直した。

「うん。ヴォクシー」

自動車を運転する習慣のない曽谷は、車種をいわれてもピンとこない。ただ「そうか」とだけ頷いたところでカシャッと音がして、スポークに引っ掛かっていた半円の金属部が引っ込んだ。

手応えはまったくなかった。

「いけたぞ」

「先生、スゲえ」

なんの、なんの、と受けるかとねらっていったが、それはスルーされた。曽谷先生、すげー、カギ外しのプロだな、と褒めそやされた。

「いいから、はやく帰りな」

と駐輪所から男子たちを送り出す。

女子たちは「さよなら」といって帰って行ったが、男子は礼儀正しく、「ありがとうございました」といって去っていく。

松川ともうひとり、コンビの相方に去られた天然パーマの男子が残っている。

「どうした?」と問うと二人とも、お迎えが来るので待ってなさい、と連絡があったのだという。

「そうか」

大柄の松川の隣で、くるりと巻いた髪を触りながら拗ねたように口唇を尖らせていた。

「ほんとに笑ってるように見えるときがあるんだよ。なぁ」

と松川に同意を促す。うーん、と唸るだけのところを見ると、松川は本気にしていないのか。興味がないのか。

「そういえば宮井は?　帰った?」

気になって訊ねると、うん、とのこと。「あいつ、今日は自転車じゃなかったんだ」とパーマの男子がいい、「宮井くんは、お迎えが来てるといってました」と松川。

「ふうん」

と頷きながら駐輪所の外に目を向けた。ちょうど地下鉄が到着したらしく、会社帰りの中年サラリーマンや帰宅途中の若い男女が階段の上り口から次々と姿を現し、ぞろぞろと前を歩いていく。

信号が変わり、停まっていた自動車が動き出した。市営バスの行先表示が赤い。終バスだ。天然パーマの生徒が手にしていたスマートフォンが、ピコンと可愛らしい電子音で鳴った。「お、来たかな」といいながら慣れた指の動きで操作する。「どう」と覗き込んで訊ねた松川に、

「オーノー。あと五分だって」

と答える。

大人の感覚で五分は長くないが、塾でひと勉強終えた彼らにとってはずいぶんと長い時間なのだろう。

「学校の宿題は？　帰ってからやるのか」

曽谷が問うと二人が揃って「うん」と頷いた。

「晩ご飯とお風呂も？」

「そうです」と松川。

ウェーブした髪をくしゃくしゃっと掻きながら、「祥佑のとこ、宿題多い？」と天然パーマの男子が訊いた。「それほどでもないかな」と松川が答えるが、それは相対的なものだろうと曽谷は思う。天然パーマの男子がけっしてサボりたがりでも能力が低いわけでもないと曽谷は知っているが、気が緩むと悪意なく不平がぽろりと口を突いて出る彼と、どれほど多い量の宿題を出されても、それはやるべきもの、と捉える松川とでは受け止め方が違う。

「松川ってさ、何かスポーツでもやってた？」

という質問が曽谷の口から出たのは、その連想もあった。低学年の頃にリトルリーグか地域のサッカークラブでしごかれた経験でもあったのかと考えたのだ。

「いえ、ありません」

「ないよな」

あらたまって答えた松川の隣で、天然パーマの男子がくだけた調子で口を挟む。

「ないのか。いや、体格が立派だから何かやってたのかと思って」

「いえ、ありません」

もう一度、律儀な印象の口ぶりで答えた。

「野球やってたのは宮ちゃんだよ」

天然パーマがいう。

「そうなのか？」

「はい」と二人同時に答えた。

「ウィングスでピッチャーだったんだ。宮ちゃん」

「ウィングス？」

「地域の野球チーム」

聞くと、低学年の頃はずっと野球をやっていて、四年生ながら試合で投げることもあったという。「マジか」と曽谷が呻くようにいうと、

「宮井くんは上手いんです、野球。本当に。勉強もできるし」と松川。

「きみたちもできるじゃないか」

「いや、僕は……」

天然パーマの男子が何もいわなかったのは、スマートフォンに再び親からのＬＩＮＥが届いたからだ。「もう来るって」と弾んだ声でいう。

「宮井くんにはかなわないし。スポーツはぜんぜんだめだし」

「ぜんぜん？」

「はい」と気弱な声でつぶやく。

自信を持てばいい、と周囲がいうのは簡単だが、それは本人の気持ちの問題なので難しい、と昨夜、帰りの地下鉄でめぐみがいったのを思い出す。

顔を伏せてしまった松川の肩を、「祥佑、レッツ・エクササイズだよ」と天然パーマの男子がポン、と叩いた。え、という顔をした松川を後目《しりめ》に、「あ、来た」というなり駐輪所の入り口付近へ駆けて行く。

「気をつけろよ」

歩道に寄せる恰好で、銀色のボディの大きなワゴン車がハザードランプを点滅させて停まっている。あれが、何だったっけ。「ヴォクシーか」とつぶやくと、「それはヤスイくんのところです」と松川が訂正した。

降りて来た年嵩の男性が側面のスライドドアを開ける。やや腰が曲がりぎみの男性と男子生徒は二言三言交わすと、巻き毛の頭を右左に振りながら曽谷と松川のところへ戻って来た。明るく、「じゃあ」と声を掛け、自転車を軽快に押して去っていく。松川が手を振る。父親ではなく祖父なのだろうか、と頭を下げながら曽谷は思う。

「最後になっちゃった」

松川が、明るさを醸し出そうと努めているのが判る声でいった。

松川の母親が自動車でやってきたのはそのあとすぐだった。

駐輪所の入り口で待つ教員を見て自動車から降りかけた母親を、曽谷は、「結構です。乗ってってください」と留めた。

「そうですか……。失礼します。松川です」

車高の低いスポーティな自動車の運転席から、女性がいった。

「曽谷です。入試まで指導させていただきます」

「よろしくお願いします」

母親はいい、松川祥佑に、「自転車、置いておかせてもらいなさい」というと、「先生、いいですか」と曽谷に訊ねた。

「結構です。明日、乗って帰ってもらいましょうか」

「そうさせます」

母親に促された松川は、曽谷にペコリと頭を下げると、「さよなら」でも「ありがとうございます」でもなく、「失礼します」といって赤い自動車に乗り込んだ。

「では」

といったところで後ろからクラクションを鳴らされ、松川の母親は自動車を発進させる。信号が青に変わり、スムーズな洗練された動きで、交通量の多い交差点を松川を乗せた車は左折していく。テールの赤いランプが残像のように尾を引き、それは曽谷の目にしばらく焼き付いて残った。


松川ではなく宮井が野球が上手だという話は意外だったが、数日経たないうちに、再びそのことを知る機会があった。

やはり駐輪所で。彼らが帰る際ではなく、教場へやって来た夕方時分のことだ。

何もなければ四時二十分に、曽谷は階段を使って一階に下りる。塾生専用駐輪所に出て、五時からの授業を受ける小学生が来るのを待つ。めぐみがいっしょのときもあれば、手が空いている高校受験課の教員が出て来ることもある。二岡教場では生徒が教場にやって来る時分、小太りでお菓子の好きな教場長は教務室最奥のデスクにふんぞりかえったままで、玄関口に出て来ることはなかった。北沢教場ではときに才木も下りて来て、自転車を整理しながら生徒に挨拶の言葉を掛ける。

その日は、高校受験課の数学の教員と二人だった。

自転車でやって来た生徒に、「こんにちはー」と挨拶し、「宿題出来てるか」「説明会の手紙、渡した？」と言葉を掛ける。「ちゃんと終わってるよ」と元気にいい返すこともあれば、「あ」とオーバーな演技で、いま思い出した、といった顔を作る子どももいる。

三列に並んだ枠の一列がほどほどに埋まったところで、宮井が自転車でやって来た。

「うっす」

フランクに、曽谷は宮井に声を掛けた。

「こんにちは」

数学教員は奥で自転車を並べ直している。

ぺこりと小さく頭を下げ、宮井は自転車を停めると曽谷の前を行き過ぎようとした。

「宿題、やってきた？」

「はい」

「質問があれば、持って来いよ」

「あ、はい」

足早に敷地から出ていこうとした宮井が、ふと足を止めた。交差点の方から自転車が二台やって来た。もしやぶつかったのか、と思い仲裁しに曽谷が一歩踏み出しかけたところで、

「お、宮井」

と声が聞こえた。

自転車に乗っていたのはどちらも小学生らしい男子で、二人とも体格がいい。スタイルのいい宮井が彼らの前では小柄に見えた。特に、眉の凜々しさが印象的な、健康的な濃い色の肌をした少年の方は、離れた位置にいる曽谷にも肩幅の広さが判る。スポーツをやっていることが明らかだ。

「あ、渋ちん」

「いまから塾か」

「そう」

自転車に跨った二人の少年に対し、臆した様子は宮井にはなかった。

「おれとケンチも、いまから」

後ろにいたケンチと呼ばれた少年が、宮井に向かって右手を挙げる。

「今日は、練習は?」

「ない。明日」

次の試合もテストと重なってんだ、とケンチ少年がいうのが聞こえた。

「じゃあ」

「じゃあな」

宮井が手を振り、二人が自転車を漕ぎだす。走り出し掛けた瞬間、宮井の肩越しに駐輪所にいた曽谷に気付いたのか、広い肩幅の渋ちんが、小さく頭を下げた。思わぬ少年の対応だったが、曽谷は右手を上げて彼らに応えた。スポーツをやっている子どもらしい礼儀正しい対応だった。

軽快な走りで交差点の方へ消えて行く。

宮井は振り返らずに、そのまま教場のビルへ入って行った。

前コマのSクラスの授業が終わり、休憩時間に入る際で曽谷は宮井に声を掛けた。

「さっきの二人、学校の友達？」

他の生徒はランチバッグから軽食を出し、食事の準備をしている。宮井も、果物が入ったパッキン付きの小さなプラスティック容器を取り出しかけていた。

その手を止めて、

「あ、いや。野球チームの」

知り合い？　と曽谷の質問に問い返すように宮井はいった。世間では知り合いっていうんでしたっけ、とでもいうように。宮井の喋り方のクセだった。

「野球、やってたのか」

教室には松川もいた。天然パーマの男子は、トイレにでも行っているのか姿はなかった。松川は、曽谷と宮井の会話を聞きながら、今日はコンビニエンスストアのおにぎりを食べている。

「はい。……四年生の夏までは」

「やめちゃったの？」

「え、ええ。塾も忙しくなってきたし」

といった表情が僅かに曇る。

「あ、いいよ。食べながらで」と曽谷は宮井を促した。やりとりを聞いている生徒も、気にしていない生徒もいる。教室の後方の机を囲んだ女子生徒たちのなかで、戸畑由奈がちらりとこちらを見た。水筒に口をつけ、それから女子の輪に向き直る。

プラスティック容器の蓋を開け、宮井がサクランボを口に入れた。

「上手いんだって」

サクランボのヘタを口から出した格好で、きょとんとした表情を宮井は浮かべた。

「上手くないです」

「噂で聞いたぞ」

「でも、もうやめちゃったし」

視界の片隅で松川が困った顔をしている。

「受験を選んだってわけか。中学校に行ってからまたやるかい?」

「……判りません」

と宮井はいって、どうやればそんな上手に出来るのか、タネを付けたままサクランボのヘタを口から出し、

「多分、やらない、かな」

といった。

「どうして?」

「だってブランクが」

いってから、しまった、という顔をなぜか宮井はした。

そうか。しまったな、と曽谷は思った。

夕方、駐輪所で出会った二人、渋ちんとケンチは、「自分たちもいまから塾だ」と宮井にいった。やや距離はあったが、彼らが自転車の前カゴに入れたバッグに付けていたものを曽谷は見逃さなかった。ペンとノートを図案化したイラストに目立つロゴ入りのキーホルダーで、それは遊《ゆう》学舎《がくしゃ》の通塾生が付けるものだ。教研ゼミナールとはライバル関係にあたる同業他社の中学受験塾で、彼らはそこに通っている。

いまも野球を続けながら。

そして宮井はやめてしまった。

宮井と何か話すきっかけを持とうと、数日前に聞いたばかりの話題を持ち出したのだが、不用意だった、と曽谷は思った。

もっと、考えるべきだったのだ。

彼らが何を捨て、何を選んできたのかということについて。

松川祥佑と小宮山

「先生も中学受験経験者ですか」

　迎えに来ていた生徒の父親に質問され、「ええ」と答えてしまった。別に隠すつもりはなかったが無防備だったかもしれない。

「どちらですか」

「清明でした」

　半ば建物の影になった顔に、ああ、という表情が浮かぶ。感心したような口ぶりに曽谷は安堵した。

「じゃあ、受験はよく判ってらっしゃるんですね。失礼しました」

「いえ、まあ」

　教員としては経験していてよかったが、中学受験を経験した誰もが入試の現状を理解しているのかと問われれば、それはどうか？　と訝る気持ちがある。それが返答を曖昧にした。

　教務室に戻る途中でふと、「紡城じゃないんですね」と思われたのではないか、と考えた。

あの父親は、北沢教場の前任だった教員が紡城中卒だと知っていただろうか。葉村が紡城中高卒だと曽谷に教えたのは課長の野脇だ。本部に詰めていたときに「きみは知っているか」と質されたのだった。

北沢教場の共有ファイルに綴じてある個人成績表には、それぞれの生徒の志望校が記載されている。聴き取りは入塾時と、五年生に進級したときの二度。

宮井の保護者は二度とも紡城中と答えていた。松川は入塾時は清明学院と答えているが、五年生の進級時には空欄になっていた。いざ入塾して自身の成績や受験の現状を知ると変わるのはよくあることで、たいてい理想から現実的な目標へと下振れする。

だが、松川祥佑の成績で清明学院をあきらめることはない。

その日の授業が終わってから、

「来週から生徒面談をやろうと思います」

と曽谷はめぐみに告げた。

「いいと思いますよ。来月には保護者面談期間も始まりますから。その前に生徒の考えを知っておこうってことですね、曽谷先生」

「まあ、そうです」

実施時間はひとり十五分程度。最近の授業や家での学習、志望校について、家ではどんな話になっているのかなどを聴き取る。学習態度に注意を促し、励まして、もやもやを整理してやる。

「生徒も多いんで、質問タイムの裏の時間も使おうと思うんですが」

「いいですよ」

横で聞いていた才木が、「生徒面談か」とやりとりに入って来る。

「はい」

「志望校についても、そろそろ固めたい時期なんだろう」

「ええ」

「学校説明会なんかも、いま時分はもうやっているのかな?」

願書の出願は年末から年明けにかけてという学校がこの地域は多いが、受験生は志望校を夏までに数校に絞る。同業他社のなかには早ければ五年生から、学校名を冠した志望校特訓を開講しているところがある。

「やっています。上位校のなかには、説明会は年に一度やるかやらないかというところもありますが。標準的な学校はこの時期からほぼ毎週、どこかが」

「B2やB1の生徒が受けるあたりだな」

そうです、とめぐみが頷く。

「面談でも、生徒には調べて行くように促します」

「学校に行って自分の目で見て、スイッチが入るということもあるんだろう」

「大いに」とめぐみ。

才木はデスクの上のディスプレイを閉じ、身を乗り出して曽谷に訊ねた。

「志望校的に、いましっかり話しておかなければならない生徒は誰だ?」

「Sクラス松川、です」

他にも数名、まだ絞り切れていない両Bクラスの生徒名も挙げる。

「松川は以前は清明を挙げていたな。いまは違うのか。成績はどうなんだ」

「届かない数字ではありません。ただここからまだ積まなければなりませんが」

「いまの時点で安泰とならないのは、どこだって同じだろう」

「そうです」と曽谷が答えると、

「問題は本人か?」と才木は訊いた。

「いえ、……。それを確かめようと思いまして」

曽谷の言葉にめぐみが、うんうん、と頷く。

「ここから積むには本人の志望校にむけてモチベーションが上からないとならない。そういうことだな」

「そうです」

「しっかり話して、清明の合格を取ってきてほしいもんだ」

というと才木は、

「教場としても清明の合格は出してほしいな。今年は紡城中も合格者が出るんだろう」

曽谷とめぐみの二人の顔を比べるように見た。

曽谷が答えられずにいると、

「そのつもりです。ね、曽谷先生」

とめぐみがフォローなのか、しゃしゃり出たのか、曽谷の背中をポンと叩く。

「心強いね」

いつも通りの落ち着いた声で才木はいうと、「面談室、使っていい。しばらくこちらは予定がない」と告げた。保護者面談のときに教場長が使う小部屋だ。扉こそガラス張りだが防音が利いている。

「突っ込んだ話もするだろう」

「ありがとうございます」

「生徒のヤル気を引き出してやってくれ」

その翌日の授業で、「来週から生徒面談を始める」旨の告知をし、話す内容も予告した。翌週、質問タイムや国語の授業時間を使って面談を開始した。

社会が苦手で成績が上がらないＢ１の男子生徒には、社会教員から聞いておいたアドバイスをもとに、毎日十分、寝る前でもいいので必ず五年生範囲から復習しろ、と告げた。「十分でいいの？」というので、「前日にやった分がちゃんと覚えられてなければ先に進むな。間に合わなければどこも受からないぞ」と脅しも入れる。

余裕綽《しゃく》々《しゃく》で理科が得意だといった女子には、成績表の分野別得点欄を前に置き、「水の性質」や「溶け方」はできている、だが「植物の発芽と成長」「生き物のくらし」といった暗記分野ができていない、と指摘した。彼女の志望校である常泉第一女子中学校の過去問題集を開き、ここ数年は生物分野を多く出題していることを教えてやる。得点だけ見れば十分合格圏内だが実際に出題されている分野はまったくできていないという事実を突き付けられて、入室時とは打って変わったしょんぼりした様子で面談室を出て行った。

その日、面談したのは八人。取っていたメモで内容を確かめつつ報告すると、めぐみは笑みを浮かべて、

「やりますねー。いいです」

「そうですか」

「それぞれアドバイスが具体的です」

「それはタケベ先生に教えてもらったこともあって」

曽谷は助言をくれた社会教員の名前を出した。

「明日はいよいよSクラスの生徒ですね」

「ええ。まあ明日一日では終わらないんで、よくて半数の生徒だけでしょうけど」

めぐみはなぜかウキウキで、ガッツポーズを作って見せた。

向き合って話すと生徒は意外にも様々な顔を見せる。思いもよらないことを気にしていたり、それがこちらの一言であっさり解決したり。何かしら前進あるいは改善している手応えはある。

その日の帰り、教場を出る曽谷の足取りも意識せず軽やかだった。

ひとつ手前の駅で降りることもなく、最寄り駅まで何も思い悩まず帰宅した。冷蔵庫のなかでビールが冷えている。簡単なレパートリーに限られるが料理をするのは嫌いではなく、野菜室にあった傷みかけの食材を使い数品作ると、以前に録画したまま忘れかけていたバラエティ番組を観て、夕食にした。水田からのＬＩＮＥはその夜はなかった。

翌日Ｓクラスに入り、漢字ノートをチェックしてテスト実施。回収したところで、自習するページをホワイトボードに書く。

「じゃ、予告していたとおりに今日は生徒面談をやります」

というと緊張したシリアスな面持ちになった。Ｂクラスの生徒とは違う。

三人めが、松川祥佑だった。

ふだん入ることがない面談室の雰囲気に、あきらかに松川は緊張している。「そっちに座って」と促され、「あ、はい」と返す言葉もぎこちない。

「ここのところ漢字テストも満点続き。前回のテストもよかった」

「は、はい。ありがとうございます」上擦った声で返事をする。

「最近はどうだ。受験学年に上がってしばらく経ったけど、気になってることとかあるか？」

「いえ。ありません。だいじょうぶです」

「そうか」

いいながら曽谷は個人成績表のファイルを開いた。

「四教科のバランスは、Ｓでもきみがいちばんいい」

「はい」

表情が明るく輝き、だがすぐに気弱な影が下りてくる。

「でも、どれも一位ってわけではないので」

「そんなことはないだろう」

前回は社会がクラス別順位で一位、その前は国語が一位。教研ゼミナール全体でも各教科ともに五位までに入っている。松川のページを開いて見せてやると、

「それは、たまたまで。本当の意味のいちばんでは……」

と気弱な声を出す。

「社会は、その前はシンカワくんがずっと一位で、そのときも一問差くらいだったと思います。国語も、宮井くんかソエダくんがたいていは僕よりも上です」

松川にいわれて曽谷はページを繰る。確かにその通りだ。

「でも四教科総合だと、シンカワにもソエダにも勝ってるよ」

松川は答えなかった。総合では二位だ。

上に宮井がいる。

「宮井が気になるか?」

「気になるっていうか……」

「この成績なら普通はもっと自信を持っていいんだぞ。何でそんなに自信ないわけ?」

「いや、自信がないってわけじゃ、ないけど」

松川は教員に対してはいつも敬語で話した。最後の「ないけど」は、曽谷にむけられた言葉ではない。

「それ、自分にいってるのか」

そう問うと、はっとした表情を浮かべた。またすぐ顔を伏せる。

「松川は、受験するんだろ」

「はい」

「入試の当日も、そんな自信なさ気な顔で受けにいくわけ?」

「……そんなことは」

「志望校は?」

清明学院です、——と松川はいわなかった。

「まだ決まってません」

「五年生のときには志望校調査に清明って書いてる。変わったのか?」

「迷ってます。まだ」

「他にどこと？」

少し間があった。

「瀧大附属《たきだい》」

「なんだ、大学附属もよくなってきたのか」

瀧見《たきみ》大学附属中学は名前のとおり私立大学の附属校だ。入学すればそのまま高校、大学とも試験なしで瀧見大学へ進学する。法学に経済、教育と文系学部が多く、女子や中程度の成績の男子には人気がある。難関国公立大学を目指せる男子が挙げる学校ではない。

「きみの偏差値なら、普通は瀧大を目指したりはしないぜ」

成績がいいという理由だけで上位校を勧めるのは、生徒の気持ちを顧《かえり》みない、無神経な干渉だ。子どもの未来を教員の都合でコントロールしようとするのは間違いだ。だがそれでも、松川の学力を思えば、乖離が過ぎる。

「自信なくって」

ぽつりと、もらすように断片的な言葉を吐き出した。

「なんだよ。自信がないから下げようってのか」

わざと挑発するように、冗談めかしていった。

「いえ」

「自信満々で入試に臨むやつはいないよ」

「…………」

「瀧大附属なら自信あるのか」

「……いえ。違います」

「だろう」

ふと思いついて訊ねた。

「誰かにいわれたか？」

母親の姿が頭に浮かんだ。あの赤い自動車の運転席から、「祥佑」と呼ぶ声。

「清明、難しいって。通らない気がする」

「なんで？」

と質してても、松川はただ首を振るだけだ。

スポーティな赤い自動車の走り去るテールランプが頭の中を過る。

お前さんが精一杯の力でジャンプして着地する先は、そこではない。そういってやりたかった。だが、もし松川から「本当に？」と問い返されれば、中学受験に絶対はないけどな、と曽谷はいわなければならない。そのときは悲し気な表情を浮かべ、ほら、やっぱりそうですよね、と松川はいうだろうか。

「あなたはできない、もっと頑張りなさい」という一方で、大人は子どもに、「夢を持て、突き進め」という。未来を百パーセントの確率で保証することなど誰にも出来ないのに。無責任だ。だが責任の負いようがないことがこの世界にはあり、責任が負えないからといってやらないでいるのは、あまりにも悲しすぎた。

「気が弱すぎるんだよ、お前さんは」

くだけた軽い口調で松川に告げた。

「謝ることじゃないけどな。自信過剰で失敗するやつよりははるかにいい」

「……すみません」

「そう、ですか」

「そうさ」と曽谷はいって、

「謙虚な人間は自分が出来ていないことを知っている。何かが足りないと気付いている。おれは出来ている、なんて自信満々にうぬぼれているやつは、足りないものに気付かない。どこまで自分が出来ていて、何が出来ていないかを見極めることができない。結果、失敗する。成功するためには、調子に乗らずちゃんと自分の足元を見つめなければならない」

それに似たことを、橋の近くにあるあの小さな塾の塾長からいわれた。受け売りだった。だが、教わった言葉や意志が、いまは曽谷の思考の血肉となっている。哲学というものはこうして確立されていくものかと思う。

「松川はさ、ちゃんと自分に何が足りないか判っているんだろう」

聞いたばかりの言葉の意図を理解しようと顔を難しく顰《しか》めている松川に、続けていった。

「だが、判っただけで終わっちゃだめだ。足りないことに気づいたら、それを埋めようとしないと」

「努力するってことですか」

努力という言葉でまとめるのは安易だがな、と曽谷はいった。松川は怪訝な顔をした。大人は「努力」という言葉を使い、それを他人に求める。だが、

「努力じゃ漠然とし過ぎるよ、もっと具体的に。何を、自分が、いつまでに、どれだけやるかを考えるんだ」

「…………」

「大事なのは、まずその足りないところを埋めたい、埋めようとする意思だな。不足を補うのは大変だ。もしかしたら埋まらないかもしれない。でも、それでもやろうと思う気持ちが必要なんじゃないかな。出来ないからやめておく、なんてつまらない。それなら人生は」

あきらめの連続になってしまう、と曽谷はいった。

「自分にはやれると信じることさ」

はっとしたように松川は顔を上げ、曽谷の顔を見た。

「最終的にどこを受けるかの決定は出願の直前でいい。冬期講習前かな。それでもお前さんが瀧大附属に行きたいというなら、そのときは何もいわない。だがたとえ瀧大附属であっても、瀧大

附属を目指していては届かない。常にそれより上を目指して取り組む、それだけは約束しろ」

「判りました」

じゃ、ここまでで、というと松川は緊張が解けたのか、はあっと大きくひとつため息をついた。

「何だよ、それ。ビビるようなことはなかっただろう」というと、「はいー」と力の抜けた声を出した。体軀は立派だが、松川は子どもらしい動きで席を立つと、子どもらしいぎこちなさで頭を下げ、子どもらしい口ぶりで、「ありがとうございました」といって面談室を出て行った。

中学受験に臨む小学生は約一割。地域全体に二十万人の小学六年生がいて、そのうち私立中学受験をする児童は二万人。受かる子どもはさらに少なく、結果として行き先がなく、公立中学にやむなく進学する子どももいる。中学受験は子どもに過酷だ、と思う塾人も少なくない。

二岡の教場長のようにドライに割り切る人間も。子どもの気持ちや未来を想像する能力が彼らにはない。

次の生徒が来るのを面談室でひとりで待っている間、思い出すことがあった。

曽谷自身が受験を控えた小学生の頃のことだ。自分事と割り引いても、忘れていることが多いにしても、褒められた受験生ではなかった。真面目でも情熱的でもなく、Sの生徒はもちろんB1やB2の生徒の方が、当時の自分より一生懸命で、よくやっている。もちろん自分がやれていなかったことと、それを子どもたちにさせることとは別の話だ。自身の清明合格と関係なく、彼らにやらせなければならないと思うだけの理由が他にも曽谷にはあった。それは、教研ゼミナールに勤め始めてから特によく思い出すようになった記憶で、今では曽谷に強迫観念のようにつきまとい、生徒たちを失敗させられないという思いに繋がっている。

小学五年生の春から曽谷が通ったのは、教場がひとつしかない小さな塾だ。あの河川を跨ぐ橋に近い地場塾と違い、集まっているのは難関といわれる私立中学合格を目指す子どもたちだった。指導するのは、教研ゼミナールのような大手塾にもともとはいたという年配の男性教員で、髪は汚らしいボサボサ頭、身形は無頓着でだらしなく、その人が算数を中心に国語も理科も社会まで教えていた。生徒を子どもらしく扱うことも、一人前の人として接することもなく、「受からないうちはきみたちはまだまだ。人間未満だ」と今では考えられないようなことをいう。出来ない生徒には罵倒も、授業途中で追い返すことも躊躇なくやる。

その塾長先生が褒める生徒がひとりだけいて、名をカトウキワムといった。

その彼には塾長先生でさえ、「すごいですねぇ、きみは」と敬語を使う。

志望校は紡城中。

切り揃えた髪に上品な言葉遣い。襟付きのシャツと、帰り際に級友たちへ告げる「さようなら」の挨拶。すべて違った。模試の結果も常によく、それを鼻にかけることもない。理解出来ない生徒を平気で切り捨て置きざりにする塾長の算数が終わると、何人もの男子がカトウくんに解説を聞いた。休憩時間中、軽食を食べる手を止めたカトウくんは嫌な顔ひとつせず、何を一として考えるか、どこに線を引くか、まずどの角度から出していくのかを教えてくれた。

紡城の難しさを知らなかった訳ではない。にもかかわらず誰もが、当然カトウくんなら受かると、みんな信じていた。彼以上に出来る受験生がこの世界にいると想像するのは難しかった。

入試が一段落して、行きがけに百貨店で買った大きな熨斗付きのお菓子の箱が入った紙袋を提げ、曽谷は母親と清明学院合格を報告しに教場へ行った。喜ぶ曽谷の母親に、別人のように愛想よい態度で対応した塾長先生だったが、帰り際、曽谷が、

「カトウくんは受かったんでしょ。もう知らせに来た？」

と無邪気に訊ねると態度が一変した。

「落ちたの。カトウくんは紡城中に通らなかったの」

乱れた長い髪を掻き毟り、乱暴な口調で塾長先生はいった。

「嘘。うそでしょ。またぁ」

「嘘じゃない！」

狼狽と憤りの混じった塾長先生の姿。気不味さと驚きを浮かべた母親の表情。

「絶対受かると思ってたのに」

「受験に絶対はない。ないんです」

曽谷のつぶやきに対し、塾長先生は吐き捨てるようにそう答えた。

「もうこの話はおしまい。二度としないこと」

そのあと、カトウくんがどこを受けたのか、どこへ進学したのかを曽谷は知らない。

中学受験に絶対はない――。

あのとき初めて、曽谷はそのことを知った。妙な話だ。自分の入試前、母親に諫《いさ》められる度、「判ってるよ」と口答えしながら本当は判っていなかった。その取り返しのつかなさも、怖さも。志望していた紡城中をカトウくんは不合格になり、熱心に目指した訳でもなかった曽谷は清明学院に合格した。理不尽だが、その理由は説明がつかず、一度起こってしまった出来事は消しも、やり直しも出来ない。

翌週の日曜日は、瀧見大学附属中学校が塾生対象の入試説明会を行う日だった。

まず瀧大附属が例年、受験者の多い塾に声を掛けて参加を募る。一般の説明会と比べると参加者が少なく、より丁寧な説明と個別相談を受けられるメリットがある。学校側としては第一志望の受験者数の予測がつく。

当日の運営は学校の職員だが、それぞれの塾からも数名の教員が出席することになっていた。松川のことと関係なく曽谷も当然参加する。野脇に申し出たのは、生徒面談より以前だ。

日曜日の午後からだったが、その日は朝からあいにくの雨だった。

教研ゼミナールからは曽谷の他に三名の教員が参加した。水田もメンバーだったが、休日出勤が多いことが直前に発覚して外された。急遽代わりに指名されたのは、砂生めぐみである。

北沢教場からは、Ｂ２で四名、Ｂ１で三名の参加申し込みが出ていた。Ｓからは、当然ない。

筈だったが。

松川と面談した夜、教務室でやりとりの内容を告げると、

「Ｓクラスで瀧大はないだろう」

と才木が驚いた様子をあらわにしていった。

「そんなに自信がないのか」

「いや、本人はそういってますが。それだけでもないような」

「どういうことですか」

とめぐみ。

「家で何かいわれてるんじゃないかと」

はっきりそうと決まったわけではなかったが、松川祥佑の煮え切らない態度がそう思わせる。あの夜見た母親の印象もあるが、偏見に近いと自分でも思う。

「勘かね」と才木。

「そんなものです。間違っているかもしれません」

「松川の成績は本当のところ、ここからはどうなんだろう。四教科総合で上位にいると聞いていたが、もうそれでいっぱいなのか。それとも、まだ伸びしろがあると、きみたちは思っているのか」

才木の問いに、曽谷とめぐみは顔を見合わせた。

先に口を開いたのはめぐみだ。

「これまで彼の最高位は全体で八位です。算数だけなら十二位。六年生になって四月偏差値は六十二だったと思います」

「算数はそれで上限か」

「ここからは問題の難度が上がっていくだけなので。ひととおり彼の理解できている分が、この数字です。これ以上上がることがなくても、清明なら」

大丈夫なんだな、と才木は頷き、「国語は？」と曽谷に訊ねた。

「塾内テストでは一位になったこともあります。算数と違ってまだ伸びますよ。ここからは文章がより難解になっていきますが、読む力はあります」

「宮井よりも？」

「宮井くんは、算数にキレがあるんです」

「そのキレが自分にはないから自信がないといってるのか、松川は」

ええ、とめぐみが頷く。

「母親とも近々話すんだろう」

「来月、保護者面談をやります」

「そのときに聞いてみるか。母親が、松川の清明受験を押《お》し止《とど》めているのだとしたら、何かしら数字を示して、受ける学校を間違えないように伝えないとな」

「判りました」

だが、根拠となる数字を示して清明を推したところで、「絶対に受かりますか?」と問われれば、いったい何と答えることができるだろう?


松川祥佑が、「先生、まだいけますか」とおそるおそるといった様子で、瀧大附属の入試説明会の申込書を提出してきたのは、その翌日だった。

生徒面談で交わした会話をどう母親に伝えたのか、曽谷はあえて松川に問わなかった。曽谷とのやりとりを聞いたうえで、それでも申込書を出すのなら、それは母親の意思表示だろう。もやもやと納得のいかない気持ちを抱えながらも、受け取らないわけにはいかない。しめきりまで数日あり、来るなとはいえない。

「来るのはお母さんだけか。きみも来るか?」

そそくさと教室へ戻ろうとする松川に声を掛けた。

「判りません。多分、行くと思います」

とはっきりしない口ぶりで答えた。

そして今日。透明なビニル傘を手に校舎前に立ち、舗装された路面に細く冷たい雨がまっすぐ落ちて来るのを見ていると、スタイリッシュなワンピースにカーディガンを羽織った格好で、見覚えのある松川の母親が現れた。

「お履物はそのままで結構です。廊下の左手に、学校の先生方が受付されてますので」

案内する曽谷に、柔らかく会釈を返し、

「松川です。お世話になっています」

「曽谷です」

鮮やかな花が描かれた傘をたたみ、校舎に入って行く。

母親はひとりだった。松川祥佑は来なかった。

説明会の最初の四十分は校長から学校説明。最近の取り組み、新設のコースや学校が来てもらいたい生徒像などを、子どもにも判るように語る。合間に中等部の男子生徒と女子生徒が登場し、校長の質問に答える形で、瀧大附属の魅力を元気よく語るコーナーも用意されていた。はきはきと喋る二人には練り込まれた台本と練習が垣間見えたが、教員と生徒が一体になって取り組むよさが感じられた。明るいブルーのブレザーの制服を着た生徒は他にもいて、職員を手伝い、快活にきびきびと動いている。

そのあとの四十分は入試対策課課長という若い男性職員が登場し、昨年の入試結果、問題の概要、ここ数年の傾向について話した。入試説明会でよくある大学の進学実績についての話はない。ここは全員が瀧見大学へ進学するのだから。

会場は大学の講義室に似た階段状の大きな教室で、満杯だった。遊学舎を始めおよそ知られた中学受験塾の教員、生徒が来ている。多くは親子での参加で、なかには両親と小さな弟や妹を伴い家族全員で来ました、といった四人組、五人組も散見される。それでも窮屈な感じはなかった。設備も最新式で空調もよく調節されている。校長や対策課長が話す際に使った映像も凝っていた。指で触れるとまるでＳＦ映画のごとき立体的な映像がスムーズに動き、さすが私立だと思わせる。

　会場を出入りしながら、曽谷は運営を手伝った。

　遅れて来た保護者が傘をビニル袋に入れるのに手を貸し、空いている座席へ案内する。外で待機していると、会場からひとりで出て来た幼い子どもがうろうろしているので、声を掛けてトイレまで連れて行ってやった。

　元同僚らしい他塾同士の教員が、廊下の端で立ち話をする姿もあった。

　ふと見ると、受付側にいるめぐみに気付いた。どこかしらいつもと違って面持ちが暗い。だが学校職員が忙しく参加者のチェックをしている側では声も掛けにくく、そのままにした。疲れているのだろうか、と思う。

　午後二時から三時にかけて雨がよりひどくなる、との天気予報は見事に当たり、校舎内にいて入り口辺りをうろうろしていた曽谷は、突然ゴーッと激しく上がる唸りのような音を聞いた。エントランスに出てみると、校舎前に広がるグラウンドが真っ白に煙った霧のごとき雨に隠されてしまい、何も見えない。

　開始前の出迎え時だけで、曽谷のズボンはもうすっかり濡れていた。あの雨でこの冷たさなのだから、と憂鬱になる。学校側もついていない。

終わる頃には少しはマシになってくれればいいんだが、……と思っている曽谷の耳に、

「参りましたね」

という声が聞こえた。

「まったく」

聞き覚えのある声だった。エントランスの階段で弾け飛んだ無数の雨滴が、その若い男と曽谷を濡らした。数歩後退して校舎内に戻る。

あらためて相手を見た。やはり。

「おひさしぶりです。曽谷さん」

「……小宮山《こみやま》先生」

上手く返す言葉が出ず、その名を口にするだけで精一杯だ。

「ごぶさたしています。教ゼミの生徒さんの引率ですか」

カジュアルな柄のハンカチで肩口の雨を払いながら小宮山はいった。スーツが着慣れていないのは、まだ彼が学生だからだ。

「ああ」と頷き、「きみのところもか」と問うと、

「小規模塾でも参加する権利はありますからね。受験生は平等に扱われるべきですよ」

と答えに険がある。

「塾長先生も？」

「いえ。教員はわたしだけです。参加している生徒もふた組だけなので」

「そう」

何気ない足取りで廊下を右に折れた。説明会をしている会議室とは反対の方向で、広い階段のある場所に出る。手前にガラス棚があり、運動部のトロフィーがいくつも並んでいた。額装された賞状も収まっている。

ひっそりとしていた。

「みなさん、元気？」

「ええ、元気ですよ。昨年の生徒はみんなちゃんと合格しました。コダマ先生は大学を卒業されたんですが、しばらくは残るといってます、塾に」

「そう……」

「いまの中三までは自分の生徒だ、この子たちが卒業したら自分もこの塾を卒業する、といって。塾長が驚いてました。でも塾長、コダマ先生が辞めないといったときは嬉しそうだった」

ガラスケースに目を向けながら、瀧大附属の運動部の輝かしい実績は目に入らない。

額に垂れた茶色がかった髪を小宮山は乱暴に掻き上げた。

「曽谷さん、なんで辞めたんですか」

といった。

「どうせ塾に勤めるんだったら、あのまま僕らといっしょに続けてもよかったじゃないですか。

おれ、聞きましたよ。塾長、曽谷さんに頭下げて、ここに就職してくれないかっていったんでしょう」

小宮山の一人称が、わたしではなくなっている。

頭を下げて「ここに就職してくれないか」といった、というのは間違っている。事実は、「そうだよな。清明卒の曽谷くんならもっと他に就職先、見つかるよな。こんな小さな地場塾じゃなくて」といったのだ。その隣で奥さんは、「もう。そんな無理なお願いしたら曽谷くん、困るじゃない」といったのだ。

だが、いまそんなことを小宮山に告げても意味がない。

小宮山はあの地場塾でいっしょに勤めた学生アルバイトの教員だった。四回生の曽谷が卒業する年にやって来た。

河川に跨る橋の手前の、ピンクを基調とした可愛らしいケーキ屋の二階の、小さな、だがアットホームで暖かい雰囲気に満ちていたあの塾に。そこで曽谷といっしょに一年間、中学受験生を担当した。

「今度新しく来た小宮山くんに、いずれは中受の生徒を任せようと思うんだ。曽谷くん、教えてやってくれないか」と頼まれたのは春先だ。一年後には曽谷が辞めて去っていく。それを見越しての依頼だったのだろう。「判りました」と答えながら、あのとき自分は、一年後の大学卒業と同時に、あの塾を去ろうと考えていたのだろうか。

「何とかいってくださいよ」

曽谷の前に小宮山が回り込む。

だが本人にもどうしようもない感情の溢れた歪んだ顔を、曽谷は直視出来なかった。

黙っていると、整った顔立ちの青年は上擦る声で「何とかいえよ」といった。

「何で辞めたんですか。曽谷さん、あの塾のこと、好きだったんでしょう」

「…………」

あの最後の一年は、毎日授業があった。休日も返上して入試対策の講座を組ませてくれ、といったのは曽谷だ。塾長は、授業料が高くなることに難色を示した。そういう人だった。私立中学受験をする生徒の家庭は裕福だ、多少は貰ってもいい、と訴えて叱られた。

「たとえそうだとしても」と塾長は曽谷にいった。

「取れるから取る。貰えるから貰う、という考え方には賛成できない。その分、家族で美味しいご飯でも食べてもらった方がいいじゃないか」

そういう人だった。何をいっているのか、と思い、それから、胸に染みた。だからといってアルバイトの学生教員を安く働かせるという発想もしない人だった。

「あんなに必死で、生徒を通そうとしてたじゃないですか」

そうだ。

「大手のブランド塾なんかに負けないって、おれにそういった曽谷さんが、何でその大手に行っちゃったんですか」

　そうだ。確かにいった。

　塾長の考え方を知り、自分は変わった。何もかも規模と看板で測り、お金に結びつける連中は汚い、中学受験は掛けた費用じゃない、知恵と工夫だ、と小宮山に教えたのは自分だった。まるで巨悪に戦いを臨むダビデのようだな、と気取っていうと、「何ですか、それ」と訊き返し、曽谷を鼻白ませたのは小宮山だ。

「塾長のこと、曽谷さん、好きだったんでしょ。尊敬してたんじゃないんですか」

　ずっと支えるつもりだったんでしょ、という小宮山の声が聞こえた。それは、遠くで叫ぶ過去の自分の声でもあった。

「なのに、何で……！」

　そう。

　なのに、何で。


　もういいです、といったとき、小宮山の表情には感情が入り混じり、整った顔は歪んでいた。自分で扱いきれない気持ちが溢《あふ》れ、吐き出さなければならなかったのだ。そう曽谷は解釈した。突き付けられたものはすべて、自分が去ってからずっと小宮山のなかで行き所なくリフレインし続けた呪詛のようなもの、恨みつらみの言葉。そしてそれは自分が引き受けるしかなかったのだ。

なのに、何で。

塾長のことも、あのケーキ屋の二階の小さなアットホームな雰囲気に満ちた塾のことも好きだった。間違いない。大手なんかに負けるか、といいながら、自分は就職する先としてそちらを選んだ。塾長の言葉に応えることなく。

裏切りだ。

なのに、何で。

その答えをおれは知っている。

立ち去り際、小宮山は目を赤く腫らして泣いていた。

気が付くと、変わらず激しく降る外の雨音が聞こえている。

過去との短い時間から引き戻され、ガラス棚の前を引き返した。エントランスを通り、説明会を催している会議室のところまで来ると、なかからわらわらと生徒と保護者が出て来るところだった。最初に喋っていた校長が、「では、こちらをA班とします。フルサワ先生が案内しまーす」とよく通る声でいい、スーツの若い男性が、「フルサワです！　よろしくお願いします。こちらは三階の特別教室から見にいきます」と元気よく声を上げると両手を上げた。準備よく、「A」と書かれたフリップを掲げている。

「では、次。B班は……」と校長がまた次の教員を紹介する。

同業他社の教員たちは周辺をうろうろとしながら、いずれかのグループについていくものの、説明会場だった部屋に残り保護者が置いて行く荷物を見張るものとに分かれた。

連れて来た生徒がいるB班に付き添い、小宮山の背中が階段を上がって行く。

ふと気付くと、曽谷の隣にめぐみが立っていた。

顔色は相変わらずだ。

「大丈夫ですか」

返事はなかった。「何がですか」とも問い返さないところから、元気がないことは自覚しているらしい。

代わりにめぐみは、

「さっき話されていたのは、前の塾のお知り合いの方ですか」

と曽谷に訊いた。

「ええ」

聞かれていたのか。「そうです。学生の頃にバイトしていた塾の、後輩の教員です」

班分けが終わり最後のグループが廊下の向こうへ歩いていく。残っていた学校職員が受付を撤収し始めた。「雨、嫌ねぇ」という声が聞こえ、「お前、車だっけ」「はい」と交わす言葉が聞こえる。

「揉めてらしたんですか、さっき」

と訊かれた。

「ええ」

「何か事情がおありだったのだと思うんですけど。打ち明けて先生が楽になるのなら、聞かせてもらいます」

とめぐみ。

それは砂生先生、あなたもでしょう、と思いつつ、

「じゃあ、また後で話します」

と曽谷が濁すようにいったのは、廊下の先にいた松川祥佑の母親が、こちらを見ているのに気付いたからだ。


校内見学には行かなかったらしい。

曽谷が近づくと、松川の母親は頭を下げた。

「今日はありがとうございました」

「いえ。こちらこそ、お足元の悪いなか、ありがとうございました」

母親は何かいいたげだったが、どう促せばいいのか。上手い言葉が出てこない。仕方なく、

「どうでした」と問う。

「いい学校ですね。先生方も熱心そうだし、設備も」

「そうですね」

だがあなたの息子にはもっと相応《ふさわ》しい学校がある。

心に浮かんだ言葉をそのまま口にしないだけの分別はある。質の悪い双子との経験から学んだことだ。脇が甘いからクレームを貰《もら》うのだ、と二岡の教場長にいわれた。

「校内見学はいいんですか」

母親は答えずに、「先生」と曽谷に呼び掛けた。事情を察して、めぐみは姿を消している。廊下には撤収する瀧大附属の職員がいるだけだ。

「先日は祥佑といろいろお話してくださったようで、ありがとうございました」

「いえ」

「祥佑には、この学校を受けさせようと思います。清明ではなく」

「そうですか」

頷くと、会話に間ができた。「なぜですか」と問うのを母親は待っているのではないか、という気がした。勘でも何でもない。ままよ、と思い訊ねてみる。

「なぜですか」

「……あの子に失敗させたくないからです」

「失敗?」

母親の形のいい顎が小さく頷いた気がして、気付くと、歩き出した彼女の後を追う恰好になっていた。説明会場だった会議室とは反対の方向へ歩いていく。学校見学の最後の班が向かった側だが、もう職員や生徒のいる気配はない。母親は階段を上がらず、廊下を奥へ進んだ。どこに続いているのか知らない。休日の、人気のない廊下の両側に教室のドアが並んでいる。

「清明を受けることが失敗に繋がると、お母さんはお考えですか」

「ええ」

背後からの問い掛けに振り向かず彼女は答えた。

「祥佑は、子どもの頃からいろいろなことをやりたがる子でした。三人兄弟の長男ですが、あの子には親しくしている三つ年上の従兄がいます。わたしの兄の息子です」

どちらか私学にお通いですか、と訊ねた曽谷に、「清明です」と母親は告げた。

「小学校に上がる前、あの子は絵画教室に通っていました。わたしが絵が好きで勧めたのです。そこで何度かコンクールに応募する話を先生からいただき、祥佑も喜んで出したのですが、一度も入選はしませんでした。佳作でさえ貰ったことがありません。あの子の後から教室に入って来た年下の生徒さんが賞を取られるのを見たとき、さすがにわたしも辛くなって、祥佑に『やめる?』と訊きました——」

「やめたのですか」

「ええ。小学三年生のときです。四年と半年やりましたが、結局は」

「いまはもう絵は」

「学校の図画だけです」

不器用なんです、と曽谷と目を合わせることなく母親はいった。「わたしに似て」という言葉を聞きながら、そうだろうか、と曽谷は思った。本当にそう思っているのだろうか、と。

「その従兄が地域のバスケットボールクラブに入っていたものですから、従兄に憧れていたあの子は『バスケットボールをやりたい』といいだしました。その頃はまだ、背丈はありながらも華奢《きゃしゃ》でした」

いいながら何かを思い出したのか小さく笑った。その横顔を見て柔和な印象を曽谷は抱いた。一瞬のことだった。

「いざ探してみると、なかなか小学生のバスケットボールチームというのはなくて。困りました」

だがどうにか見つけて通い出したという。シューズも買った。遠かったので、自動車で送る算段もつけた。

「でも結局、試合のときもずっと祥佑はベンチを温めるだけで。練習も休まず真面目に行きましたが、試合には出たことがありません。同じ学年で、練習もサボりがちな友達がいましたが、その子の方が上手くて。一度その子が試合にシューズを持って来なかったことがありました」

「……………」

「すると監督が祥佑に、『お前のシューズを貸してやれ』といったんです。ちゃんと用意してきているあの子は出られず、いつもサボってシューズも用意しなかった子が祥佑のシューズを履いて試合に出るだなんて。さすがにわたしも憤慨しました。祥佑も怒って『嫌だ』といえばいいのに、でもあの子は気前よく」

「『いいよ』と貸したんでしょう」

「ええ」

松川らしい、と思った。「それでバスケはどうしたんですか」

――スポーツはぜんぜんだめだし。

――ぜんぜん？

――はい。

いつかのやりとりが耳の奥で蘇る。

「やめました。さすがに帰ってから、辛かったみたいで落ち込んでいました。憧れていたシュンちゃんと、……シュンジというのが従兄の名前なんですが、いっしょにバスケをやるのが夢だったんですが」

不器用過ぎるんです、と母親は悲し気な口ぶりでいった。

「絵も、バスケも、他にもいくつか習い事をしましたが、いつも上手くいきません。年下の子にも抜かれてしまう。そうして、結局あの子のなかに残ったのは」

自信のなさだけ、なんです。

そうだろうか？

「だから」と母親は続ける。

「これ以上、祥佑に失敗させたくないんです。判っていただけますか、先生。いまあの子がやっているのは勉強だけです。でも、もしその勉強で失敗するようなことがあれば、この先一生、何にも自信を持てないままになってしまいます。親として、そのことが怖いんです」

あれほど激しかった雨の音が収まっていた。耳を澄ましても、外の路面を打つ唸りのような音は聞こえない。静まっている。

「だから無難な受験で、自信を失わないようにしてやりたい、ということですか」

「そうです」

「清明をあきらめて？」

口に出してしまった。いうくらいかまわない、と自分にいい聞かす。

「瀧大附属にも、ここを第一志望にしている生徒さんにも申し訳ないけど、ここを受かったところで祥佑くんが自信を持つことはありませんよ」

「そうでしょうか」

そうです、と曽谷は強い口調でいって、

「試合に負けなければ自信がつく、とお母さんはお考えかもしれませんが、実質は、ただ清明入試という試合を放棄するだけのことでしょう。この先、祥佑くんには、勝てる試合しかさせないつもりなんですか」

母親が口唇を噛んだ気がした。

「先生は、お判りにならないと思います」

「何がですか」

「叶わないで落ち込む子どもの背中を見る、親の気持ちが」

それは判らない、と思ったが、納得はしない。

代わりに、いった。

「でも、実力がありながら試合に出させてもらえない口惜しさは判ります」

「………」

「勝ちたいと強く思っているのに、最初から負けると思われて、だから出るなといわれる口惜しさも。あてにならないといわれる屈辱も」

廊下が暗くて気付かなかったが、母親の伏せた目は潤んでいた。涙に臆したわけではないが、
曽谷は頭を下げた。

「いい過ぎたなら謝ります。すみません。でも」

考えるより先に、言葉が出た。

「彼には清明を受ける資格があります。いま一度、祥佑くんの力を信じてやってもらえませんか。

お母さん」

「先生が――」

何かをいいかけ、母親はそこで言葉を切った。顔を上げて続きを待ったが、母親は噤んだ口元をただ震わせて、そのままエントランスの方へ立ち去った。母親の手にしていた、透明な傘袋に入った柄物の傘の鮮やかな色だけが、曽谷の意識に焼き付き残った。

同業他社の教員のなかには、あとは学校職員に任せたとばかりに生徒や保護者より先に帰っていくものもあったが、教研ゼミナールの四名の教員が瀧大附属中学の校門を出たのは、すべての参加者が帰ったあとだった。職員と挨拶を交わし辞したのは六時近く、雨はすっかり上がっている。

ふた組の生徒家族を見送った小宮山もほぼ最後まで残っていたが、曽谷と言葉を交わすことはなく、目を合わすこともなかった。余った資料を貰うと、瀧大附属中学の職員に明るく挨拶をして正門方向へ歩いて去って行った。

駅まで戻ったところで、教研ゼミナールの四人も解散した。

二人になるとめぐみが蒸し返して来る。

「さっき、『あとで話す』とおっしゃってた件」

「あ、ああ。そうでしたね」

疲れたのでまた後日、という気はなかった。めぐみの元気がなかったことも気になっている。こういうときはどう誘えばいいものか、と思案していると、「曽谷先生は甘いもの、いけますか」

とめぐみから訊ねてきた。

「スイーツとか」

「大丈夫ですよ」

「だと思ってました」

と何を根拠にかめぐみはいうと、いくつか先の駅にオススメのパフェの店があるから行こう、という。苦笑しながら曽谷は乗った。めぐみが明るさを取り戻すのなら、それもよかった。

地下鉄に乗っている間は今日の説明会の感想を交換する。さすが瀧大附属、設備が豪華だった、ホスピタリティに隙がなかった、スリッパも全部きれいだったし。「お土産に渡してたバッグのなかに学校のロゴ入りマカロンが入っていたの、知ってました?」と教えられて、「マジですか」と曽谷は感嘆の声を上げた。来ていた他塾についても寸評をいい合う。どこそこの教員は元教研ゼミナールの教員だ、といわれたが曽谷の知らない時代の話だ。去年よりも生徒をたくさん連れて来ていたのはどこで、減っていたのはどこそこだ、ということもめぐみは指摘する。

暗くなり始めた街の一角にその店はあった。何の装飾もない無機質なグレイとクリーム色の壁の建物で、一階はテイクアウト、二階がイートインのフロアになっている。

「前に来たときは一階で結構待っている人がいて。よかった。今日は遅い時間なんで座れると思ってました」

だが二階に上がってみると曽谷が思う以上に混んでいる。僅かに空いていた、奥まった席へ案内された。

「これ、お勧めですよ」

とめぐみに推されるままにオーダーを済ませたところで、「で、さっきの人とは何を？」と問われた。

「その前に、松川のことなんですが」

生徒の話、ここでしても大丈夫でしょうか、と訊ねながら、曽谷はさきほど松川の母親と交わした会話をかいつまんで説明した。

「なるほど」

頷いてめぐみは、

「ちゃんと清明を受けさせるべきだ、と曽谷先生は伝えられたんですよね」

「そのつもりです」

やや、いい過ぎたと思う程には、というと、

「じゃあ、あとはお家で検討してくださるのを待ち、ですね」

「本人ともう少し話したいと思いますが。最後にお母さんがいいかけた言葉、判りますか」

「先生が、の続きですか」

「ええ」

答えの予測はある。めぐみが同じ答えを出すかどうかが知りたくて訊ねた。

「先生が、祥佑を合格させてくださるんですか、でしょう」

同じだった。

もしあの場で声に出して質されていたなら、自分はどう答えただろう。そのための努力はします、だろうか。でも入試に絶対はない、と囁く声が胸の奥で聞こえる。

運ばれてきた背の高いグラスに入ったゴージャスなパフェを、いったいどこから手を付ければいいのか思案していると、

「学生の頃にアルバイトで教えてらした塾の先生と、何があったんですか」

めぐみに訊かれた。

「教えていたときに何かがあったわけではありません」

曽谷はいった。

「辞めたから、あの彼は怒っているんですよ。わたしが、塾長の誘いを断ってその塾を辞め、にもかかわらず大手の教研ゼミナールに就職したことを」

人のいい塾長に「うちに就職しないか」と誘われたこと。それまで打倒大手ブランド塾といっていたくせに結局そちらを選び就職したこと。若い後輩教員がそれを裏切りだと思っていること、をめぐみに語って聞かせた。

「それは仕方がないですよね、……」

といいつつも、めぐみの言葉にはいつもの力強さがない。

めぐみが小宮山と同じように受け止めたとしても仕方がない、と店へ来る道中、覚悟していた。

「でも、どうして」

期待もあった。めぐみなら、その理由を質問してくれる筈だと。問われれば答えるつもりだった。

「どうして、曽谷先生はその塾にそのまま就職されなかったんですか。お話を聞いていると、単に教ゼミの方が給料がいいとか、いい生徒が揃っているとか……。そんなことだけじゃない気がするんですけど」

目を合わせずに、曽谷はメロンスプーンをクリームの山に刺す。

そうして誰かに訊いてほしい、と思っていた。たとえ、言い訳にしか聞こえないといわれるにしても。

「だって、その塾のこと、今でも好きなんじゃないですか。先生」

そうだ。いまでも夜、ひとつ手前の駅で降り、意味なくその教場を訪ねて行く程に。誰にも顔を合わせられるわけがないと判っていながら、夜の路上に佇み、気が付けば何十分も二階の窓を見上げてしまう程に。

スプーンを口に入れ、その甘さを嚙みしめようとしたが、味がよく判らない。

「出来る生徒がひとりいたんです。女子でしたが」

「その塾に？」

「ええ。五年生の夏に来ました。志望校は特になく、ただ小学校の友だちと折り合いが悪いので、学区内の公立中学にそのまま上がりたくないといって」

学校の友だちがよくないから、地域の公立中学校が荒れているから……。そういった消極的な理由で私立中学受験を希望するケースは珍しくないが、あの地場塾の周りではほとんどなかった。小学生も中学生も学校ではみんな仲良くやっている。その少女は少し離れた地域の子で、同じ小学校の生徒がいないという条件で探して、橋に近いケーキ屋の二階の塾にやって来たのだ。

「それで、曽谷先生がその子を担当なさったんですか」

「ええ」わたしと、と覗き込むめぐみの目をまっすぐに見返し曽谷は答えた。

「小宮山先生とで」

塾に通うのは初めてです、と彼女はいった。母親はごく普通の保護者で、自分の子どもがどれほど学力があるのか、伸びるのかを知らなかった。曽谷も、最初に会ったときは、ただ大人しい子だな、と思っただけで特別何も感じなかった。

だが、すぐに能力は開花する。

夏期講習が終わってひと月も経たないうちに、「彼女、出来ますよ」と小宮山がいってきた。曽谷も気付いていた。塾長に報告すると、「そうか。それはよかったなぁ。いや、きみたちのおかげだよ」と手放しで褒めてくれたが、曽谷も小宮山もそれは彼女自身のなかにあった力だと思っている。

外部模試を勧めると、母親は、「そこまで望んでません」と面食らったようにいった。「試しに一度」と、結局は塾で受験料は持つとまでいい、受けてもらった。模試の当日、母親が夜勤で試験会場まで送れない、というので小宮山がいっしょに電車に乗って行き、帰りは試験終わりに曽谷が迎えに行った。

女子生徒自身は、変化を穏やかに受け止めているように思えた。

外部模試の成績はよかった。「六年生になると志望校判定も出せる。お母さん、そろそろ具体的にどこに進学したいか考えておきましょう」と迎えにきた母親に告げてもやはりピンとは来ていない。塾長と曽谷とで面談をし、成績を見ながら相応しいと思われる学校をいくつか挙げると、「そんな立派なところ」と母親は首を振った。選んだなかではいちばん偏差値ランクの低い、常泉第一女子中学校の名をおそるおそるといった様子で指差し、「ここくらいでも入ってくれたら、ありがたいです」といっていた——。

「それが五年生の冬頃だったと思います」

手を付けるのを忘れていた間に、クリームが溶け始めていた。慌てて二口、三口と柄の長いスプーンを入れて口に運ぶ。聞き入っていためぐみも同様にしつつ、

「曽谷先生、こっち側も垂れてきてますよ。チョコレート部分が」

と曽谷から見えない側を目で示す。

「それで、どうなったんですか」

「お祭しの通りだと思います。六年生に上がる前にやめていきました。誰かの入れ知恵があったとは思いませんが、別にそうであっても。……退塾も転塾も生徒と保護者の自由ですから」

手を止めためぐみに、「こっち、美味しそうなところが」と今度は曽谷が指摘した。

「やめた?」

「そうです」

「どこへ?」

「教研ゼミナールではありません。遊学舎だったかな。受験なんてとても、受かるところならどこだって、といっていた母親は、どこかのタイミングで娘が本当に出来ることに気が付いたのでしょう。欲が出たといっても責められません。人は上を見て生きるものなので」

「どこに受かって進学されたのか、曽谷先生はご存じなんですか」

「知っています。ああ、そうだ、転塾した先は遊学舎でした。そこのチラシに出たのを見て知ったんですよ、彼女の進学先と保護者コメントを見て。進学先は茅野《かやの》女子中学校でした」

めぐみが息を飲むのが判った。茅野女子は最難関といわれる女子校で、「女子の清明」ともいわれている。女子の受けられる学校で紡城中に匹敵するところはなく、茅野女子は実質地域最上位の女子校だ。

「それくらいできる子だったんです」

「それって、でも……」

あとの言葉がめぐみは続けられなかったようで、曽谷は何もいわず、幸福をギュッと凝縮してグラスに詰めたようなカラフルなパフェに取り組んだ。半ば、もうそれは溶けている。

チラシには数名の合格者の顔写真と名前、進学校とコメントが載っていた。よくある手で、それは教研ゼミナールもやっている。合格作文集と同じだ。載るのは誰もが知る難関上位のバリューがある学校に限られる。そこに母親はこう書いていた。

「最初は右も左もわからない中学受験でしたが、遊学舎の先生方に手ほどきいただいて安心して娘を受けさせることができました。大手塾だからこそのきめ細やかな指導に感謝しています。最初、茅野女子を勧められたときはびっくりしましたが、『これまでに受かった生徒のデータはこれです』と過去の在塾生の方々の数字を見せてもらい、決めることができました。ありがとうございます」

と。そういった文言だった。丸暗記できるほど、そのチラシのコメントを繰り返し曽谷は読んだ。腹が立つ。見たくもない。破り捨てる寸前だったが、出来なかった。笑っている母親の服装も雰囲気も、曽谷の記憶の中と違った。娘がまだぎこちなくはにかみながら笑っているように見えるのが、唯一過去との接点のような気がしたが、救われることはない。

「何なんですか、コレ！」

と小宮山が塾長に食ってかかったのは見当違いだ。だがその気持ちは判る。

「まあ、こういうこともあるよ。うちは小さな地場の塾だ。データもないし」

顔を真っ赤にしながら半泣きの形相を浮かべる小宮山をそういって宥《なだ》めた塾長は、本当はもっと口惜しかった筈なのだ。

だが、その二人にもいっていないことが曽谷の胸中にはある。

「口惜しくないんですか、曽谷先生！」

口惜しいさ、と上擦る声でいいながら、お前よりももっと、と曽谷は思っていた。

まだ若い小宮山は面と向かっていわれてはいない。だが、退塾する直前の時期、女子を迎えに来た母親から、曽谷はシャッターの下りたケーキ屋の前ではっきりといわれた。あの頃にはもう母親の気持ちは変わっていた。

遅い授業終わりに娘といっしょに下りていくと、向かい側の道路に母親が身を縮めて立っていた。ケーキ屋の脇の細い階段口から出て来た娘を見て、小さく手を振る。河の湿った匂いが冷たい夜気のなかに漂っていた。

道路を渡って行くと、母親はぺこりと簡単に頭を下げ、六年生からは別の塾に行かせます、と告げた。明日は欠席します、とでもいうような平然とした、さも当然のことを伝えるだけといった口ぶりで。

「小さな塾さんだとやっぱり不安も、行き届かないところもありますでしょう。中学受験は大手の方がいい先生がいらして、お任せも出来るので。いままでありがとうございました」

ありがとうございました、をいい終えるまでにもう母親は自転車を走らせ、暗い冬の夜のなかに走り出していた。

あのときの何ともいえない気持ち……。母親の態度の変化。

「砂生先生は、どう思いますか」

ほぼグラスが空になる頃には、クリームと果物とチョコレートでお腹はいっぱいになっていた。口のなかは冷えていたが、胸はざわついて落ち着かない。しばらくぶりに思い出した。思い出してしまった、か。平静でいられなくなるので、封印してしまい込んでいたのだが。

「どうって」と口ごもるめぐみに、

「大手の方が、いい先生がいてお任せできる。小さな地場塾じゃ安心できない。――そう思いますか、やっぱり」

「データは」といい掛けて、めぐみは口を噤んだ。スプーンを皿に置くカチャンという音が不快に響き、めぐみは困った表情を浮かべていた。

「だから小宮山と僕とは大手塾に恨みがある。大手塾にしてみれば筋違いの恨みで、きっかけはその母親なんですが」

自分の一人称が、わたしから僕に変わっている。

「その地場塾で、大手のブランド塾を見返すような結果を出してやる。一泡吹かせて、中学受験界をひっくり返してやる。以来、小宮山はそう息巻くようになりました」

「それを先生が裏切った?」

「そうですね」

だからさっきも、ずいぶんひさしぶりに顔を合わせましたが怒りを我慢できず、ぶつけてきたんです、と曽谷が告げてもめぐみは何もいわなかった。

「そのお母さんからいわれた言葉を、小宮山さんに伝えなかったのは曽谷先生の思いやりなんですか」

「……どうでしょう」

傷つくのは自分だけでいい、と思ったのか。小宮山をこれ以上怒らせるのは面倒だ、とただ考えたのか。

塾長には、いえなかった。

制服姿のウエイターがテーブルに近づき、「ラストオーダーですが、他に」と問う。気が付くと入店時に混んでいた店内は空き、小声で話す二人組がぽつりぽつりといるだけだ。男性客の姿はない。

水の入ったグラスを、なぜかバッと速い動作でめぐみは摑み、一気に半分ほど飲み干した。それからひとつ大きくため息をついたように、曽谷には見えた。

「それで、どうして曽谷先生はその恨みのある大手塾に勤めようと思われたんですか」

「どうして、ですかね」

「答えたくない？」

「いや、そういうわけでは……ないことも、ないですが」

判っていた。あのときは。

学生時にアルバイトしていた塾で、生徒に教えるのはおもしろい、自分の仕事はこれだと思った。人のいい塾長と奥さんを支えてこの地場塾を大きくしたい。ケーキ屋の二階を本部教場として、二号教場の教場長になりたい、と具体的に考えていたこともある。

だが、きっかけはやはりあの母親の言葉だ。

小さな塾だとデータもない。行き届かないこともある。いい教員も少ない。

あの地場塾の教員は学生だったが、みんな真面目な、いい教員だった。だが思ってしまったのだ。大手といわれる有名受験塾に行けば、もっと優れた教員が多くいるのではないか、と。

二つの世界がある。自分はここではない側に行く資格があると考えてしまった。清明学院卒だから、自分に相応しいのはそちら側なのだと。あれは驕《おご》りだ。うぬぼれ、あるいは慢心。

この小さな地域密着の近所の塾では大手相手に戦えない。人のいい塾長のもとでは、いま以上の教員になれない。自分はもっと高いところへジャンプして辿り着くことができる、と。

だが実際そちらに辿り着いてみると、在籍数、収益、履修率……。生徒を指導し成績を伸ばすという喜びは二の次。教場に生徒がいないと授業はできないだろう、と上司はいうが、だがそこで行われているのは授業だろうか。指導といえるだろうか。無難にやることでしか人を測れない連中が教員面をしていた。大手だからといって優秀な教員が多くいるわけではなかった。

いい人たちを裏切る形で飛び出し、もう戻れないところに来てしまった。自分の学歴に慢心し、船を燃やし、戻る先を失ってから後悔している。自分は何なのか。

宮井弘人と砂生めぐみ

その日の論説文のテーマはジェンダー平等。センシティヴだが、聞くと学校でもこういった話題には触れているという。なかなか進んでいる。

その流れもあってか、休憩時間に戸畑由奈に訊かれた。

「曽谷先生は、砂生先生のことをどう呼んでいますか」

「砂生先生って呼んでるけど。何で？」

「そうですよね」

ランチボックスを開けたところで手を止め、うんうん、頷いている。机を組んで彼女の周りを囲む女子たちも同様だ。

「先生、下の名前は？」

曽谷の「何で？」は留保にされたまま、上村栞に重ねて問われた。

ホワイトボードを消しながら、「圭一」と答えると、

「圭一先生って呼ばれますか」

というので、

「いや。それはないな」

「でしょ。おかしいと思いませんか」

「何が」

「女性の先生は『めぐみ先生』って下の名前で呼ばれるのに、男の先生は名字で呼ばれるの。変です」

なるほど。彼女たちがいいたいことは判った。

「おれは違うよ」と一応念を押しておく。

確かに曽谷以外の多くの教員が砂生めぐみのことを「めぐみ先生」と呼んでいる。北沢教場に入っている他の女性教員も同様に下の名前に先生付けで呼ばれているが、男性教員のなかでそんな呼ばれ方をしている教員はいない。

「才木教場長は、砂生先生のことをちゃんと『砂生先生』って呼んでるよ」

というと女子たちは感心したように「へえーっ」と唸り、「さすが教場長」「偉い」と口々にいった。「おれもだろう」と曽谷はいったが、誰もまともに取り合ってくれない。ただ戸畑だけが、「曽谷先生はちゃんとそう呼んでると思ってました」といってくれた。

「きみたち、おもしろいとこ気が付くね」

ラーフルをティッシュで拭きながら、めぐみ自身はそのことをどう思っているのだろう、とふと考えた。めぐみに限らず、世間の女性教員たちは。

瀧大附属の入試説明会の帰り、図らずもめぐみと二人でスイーツを食べにいくことになり、そこで曽谷は自身の、振り返りたくなかった過去を打ち明ける形になった。その後で、「今日元気なかったですね」と声を掛けめぐみにも理由を訊くつもりだったが、あいにくラストオーダー、閉店時間となり聞きそびれた。

すっかり元気になっているので蒸し返す必要もないが、やはり気になるのは、瀧大の校舎内で見た暗い面持ちが、あまりにも普段のめぐみとかけ離れていたからだ。疲れているのだろうか。抱えている業務の多さに困るものなら仕事のいくつかは引き受けられるかもしれない。

曽谷の指導がいまひとつのせいで彼女のメンタル面に負担をかけているのなら、ただただ申し訳なく思う。何とかするしかない。


授業が終わって質問タイム。それが終わると生徒と一階へ下りて行く。ぎゅうぎゅう詰めになった駐輪所から彼らが自転車を引っ張り出し、夜の街へ走り去っていくのを見送る。その間、どうでもいい会話を交わす。学校での失敗や、理不尽な出来事に対する不満、フィットネスジムの看板の件にも似た都市伝説まがいの噂も。顔馴染みになった保護者が気易く相談や、家庭での様子を話してくれることもある。

教務室にもどると、

「おつかれさま」

と最奥のデスクに座る才木から声を掛けられた。

「おつかれさまです」と返しつつ、腰を下ろす。

「今年は、曽谷先生も夏期合宿には参加かな」

「ええ」

夏が近づき夏期講習時間割のハードさが戦々恐々とした口ぶりで囁かれる一方で、夏期合宿の話題は盛り上がっていた。高校、中学とも受験学年に絡む教員の間では、むしろそちらが気になっている。どれだけの生徒を教場から参加させられるのか、自分がどれだけの授業を担当することになるのか。中学受験は例年、より高い参加率を求められている。

「今年も、合宿テストは実施だろう？」

「ええ、そう聞いています」

「結局、今年北沢から紡城中を受けるのは宮井くんだけか」

「そうですね。なんとかここで結果を出させたいところですが」

三泊四日の中学受験合宿では毎年、三日目にテストを実施している。全員が受験し、各教科の優秀生徒と、四教科総合の最優秀生徒を四日目の閉校式で表彰する。

最優秀の成績を取った生徒は、男子なら紡城中に受かるといわれていた。それだけの実力があるということだ。紡城を目指すなら最優秀賞を取り、自信をもって入試に臨んでほしい。

「宮井くんは取れそうか、最優秀賞」

「取ってほしいと思いますが、他教場にも優秀な生徒はいますからね」

「教研ゼミナール全体としてはいいことだな。紡城中合格が有望な生徒は今年はどれくらいいるのかな」

「いまの時点では十名程度、塾内テストの上位十五位までに入っている男子たちですね」

「曽谷先生から見て、いちばん優秀なのは？」

思案しながら、「塚ノ台教場に、岡部《おかべ》という生徒がいます。この生徒がなかなか出来ます」と答えると、

「岡部聡《さとし》か」

「ご存じですか」

「塾内テストの順位表の上位に、そんな名前の生徒がいたなと」

見ただけで覚えていたのか。高校受験を専門に指導しながら、自教場ではない生徒をフルネームで覚えている、才木のそういうところにいつも驚かされる。

「で、当の宮井くんの調子は最近はどう？」

「あまり、よくありません」

「全体的に？　それともきみの担当教科が」

「まあ、どちらかといえば後者なんですが」

「葉村先生の影がチラつくか」

才木に直球でいわれてドキリとした。

「いや、それはしばらく考えていませんでした」

「わたしもだよ」事も無げに才木はいう。

「宮井くんもそうだと思っているが。どうだろう?」

宮井も違うと思いたいです、といい掛けて曽谷は言葉を飲み込んだ。

あの葉村だ——。

曽谷の表情に何を見たのか、「気にするな。悪かった」と手を振りながら才木はいい、

「きみが思う程、宮井は葉村先生のことを頼りにはしていなかった」

と思う、と付け足していった。何を、と曽谷の方が面食らう。

教材を抱えためぐみが教務室に戻って来た。いつもなら「おつかれさまです」と明るく入って来るめぐみが、何か気配を感じ取りでもしたのか、二人の方を訝《いぶか》しむように遠巻きに見て、席に着く。

「宮井くんのことを話していたんだ」

才木が言い訳のようにいう。

「国語の伸びがいまひとつだと、曽谷先生がいうんで」

「そんなこと、ないでしょう」すかさずめぐみがいった。

「いや。今日も授業で上手く答えてもらえない場面がありました」

話すつもりはなかったが、こうなったのも流れだと割り切って、打ち明けた。

「そうなんですか」

宿題に出していた論説文で、どうにも首を捻るしかない解答を宮井は書いてきた。答えあぐねて空欄のまま、あるいは途中までしか書けていないものも数名はいたが、宮井に答えられない問題ではないと曽谷は思った。松川を含め何人かは正解を出している。だが宮井のそれは、曽谷が重ねて根拠を訊ねても、本人でさえ説明のしようがないほど、見当外れもいいところだった。

「原因は判っているのか」と才木。

「いえ」

「できる生徒が春先にスランプに陥ることはあるがな。あれは大体が考え過ぎだろう」

そうです、とめぐみが答え、

「でも、もうそんな時期でもないか」

「はい」

「宮井くん以外は、みんなよくなっているように思いますよ。BもSも」

めぐみがフォローしてくれる。その程度は当然のことだ、といわんばかりの顔をして才木は曽谷を見ると、

「北沢教場の中受の指導責任者は曽谷先生、きみなんだ。宮井の件も含めて任せる」

といった。

その次の授業で行った漢字テストで、宮井は三十一点を取った。

文章問題の調子が悪かろうが、漢字テストはこれまでほぼ満点。六年生になって三十九点が一度、三十八点を一度取ったことはあれ、ここまで下がったことはない。練習してきた漢字ノートをテスト前にチェックしているが、何かを間違ったわけでも手を抜いたようでもなかった。いつもどおり字は丁寧で、文で、よみがな付き、いくつかの語句については意味も調べ、トメハネのポイントも小さく丸で囲んである。変わりない。漢字テストの実施中、思案顔になることも苦しむ様子もなく、ただ漫然と宮井は点数を落とした。

そのせいかどうかは判らないが返却したその授業中、あきらかに宮井の気持ちは入っていなかった。苛立ってはいない。感情的な態度を見せるようなことを宮井はしない。

返却のとき、曽谷はいつも点数をいいながら生徒に渡すが、三十一点という点数に驚いたのは本人ではなく周りの生徒の方だった。何事かと、腫れ物に触れるように誰もが気を遣っている。松川に至っては授業中ずっと心配そうな目で宮井の背中を見ている始末だ。

緊張したその空気は悪影響を及ぼすと曽谷は思った。

宿題の解説の途中、席順で当てられた宮井が心ここに非《あら》ずといった調子で、「判りません」といったことで、遂に曽谷は、

「お前、いい加減にしろよ！」

と声を荒らげた。

張り詰めた不穏な気配が一瞬にして教室を覆ったのは、曽谷の発した「お前」という言葉のせいだ。いまはどの塾でも生徒に対し「お前」呼ばわりはご法度だ。そのことは子どもでも知っている。無論そんな世論的正義に従うことなく、無視し続ける教員もいるが、北沢教場では禁じられていたし、なにより曽谷が生徒に対しその乱暴な呼びかけをしたことは、これまで一度としてない。

宮井は驚いてはいなかった。

臆してもない。

「……はい」

ぼそりとつぶやくと、そのまま曽谷を無視するように、ただホワイトボードの方に目を向ける。

他の生徒が動揺している。後の祭りだ。

戸畑由奈が、「先生、それはよくないと思います」といった。声が上擦っている。他の女子も曽谷をきつい目で睨んでいた。曽谷は、後悔はしていたが狼狽はしなかった。

「すまない」

というと、「だが、いまは授業を続ける」と告げる。「だが、宮井もよくない」とはいわなかった。代わりに、「それでいいか」と教室のなかを見回し問い掛けた。誰もノーとはいわず、イエスの答えもなかったが、曽谷はそのまま授業を続けた。終わるまで、長かった。

いつものように宿題をホワイトボードに書き、

「それでは、ここまで」

といったあと、逃げるように教務室に戻ることも出来たのだ。だがそうすれば、彼らにとって暴言である「お前」を口にしながら、解決を図らず授業を終えたことになる。それは出来ない。いつぞや、栗沢兄弟たちに対峙したときとは話が違う。

「食事しながらでいいから聞いてくれ。一言いいたい」

そう前置きをしたあとで、

「さっきは悪かった。謝る」

と告げ、Sクラスの生徒全員の顔を見ながら頭を下げた。宮井は、窓の外の夕映えに染まり終えた宵闇の交差点を見たままで、目を合わせなかった。

気まずい沈黙の間が空く。謝ることまでは直後から決めていたが、その後を考えていなかった。白けた不快な空気を破ってくれたのは戸畑だ。

「先生は、何に謝ったんですか」

聞きようによっては辛辣な問いだ。形だけでも頭を下げれば収拾が図れるだろう、なんて考えてるのなら許さないわよ、という響きが毅然とした声音に感じられる。今度は、声は上擦ってはいない。

「気分よく学習する筈の空間で、『お前』と偉そうにいったことだ」

口にしてから、「気分よく」が宮井の態度に対する皮肉に聞こえるか、とも考えたが、誰も何もいわなかった。

「もう二度といわない」

そう告げると、「判りました」と戸畑はいい、続けて、

「でも宮井くんの態度もよくないと思います。ちゃんと二人で話し合ってください」

ぴしゃりといった。

「判った。宮井、少しいいか」

「はい」

気の抜けた返事をして立ち上がる。

そのまま二人して教室を出ると、先に立って廊下を行き、空いていた教室に曽谷は入った。宮井も後について来る。

机のイスを引き出して座り、宮井にも座るように促した。

何をどう話すか考えてはいない。向き合って座りはしたものの、宮井は目を合わせない。ただ何かもやもやするものが胸中にあるのだろうと思う。決定的な不満が自分に対してあるのなら聞きたいが、解決の策の用意はいまのところない。

「漢字テストの点数が悪かったのはどうしてだ」「さっきの態度は何だ」……。どう切り出して

も批判になる。宮井にも非があるのだから咎めるのは間違いではないが、それだけで事は終わらない。何が悪いかを指摘するのは簡単だが、正常に作動するようにしてやるまでが仕事だ。

窓外に夜の気配が立ち込め始めた静かな教室のなかで、宮井の方から口を開いた。

「さっきは、すみませんでした」

何度か口のなかでもごもごと言葉を転がしたあとで、そういった。

「何に、宮井は謝っているんだ」

戸畑の言葉を借りただけだが、無策だと自分を詰《なじ》っている場合ではない。

「……ダメなことに」

「何がダメなんだ」

「僕です」

「僕のどこが」

禅問答だ。

黙り込み、再び俯きかけた宮井に、「いつからダメになった?」と訊ねると、え、という表情を宮井は浮かべた。

「以前の宮井はダメじゃなかっただろう。違うか」

といってやる。曖昧に、うん、と頷く。

「はっきりいってやるがダメじゃなかった。いまのきみのことも、おれはそれほどダメだと思っていない。だが今日の態度はダメだった。漢字テストのことじゃなく。ヤル気が出ていないところがな。そのヤル気が出ていない理由があるんだったら、おれはそれが知りたい」

「うーん、……」

と唸って思案し、「そっか」とつぶやく。「何が」と問わずに曽谷は宮井が続けるのを待つ。

「そっか。ヤル気が出てなかったのか」

「そうだ」

「何でなんだろ」

そういって思案する表情を浮かべ、それがくしゃりと崩れると、口唇を噛み、頬を真っ赤にして、ぎゅっと目が閉じられた。

真っ赤になった目を潤ませ、「何でかな」と宮井はもう一度つぶやいた。曽谷に問う口調ではなかった。

だが、求められている、と曽谷は思った。

「やってるんだけどな、僕なりには……」

そうだ。よく、やっている。

「ヤル気だって」ぼそりとつぶやいた宮井に、「そうだな」と曽谷は答えた。「そうだよな、よくやってるよ。宮井は」と本心から告げた。「なのに」と、その言葉が届いているのかいないのか。自分の内側を確かめるように、ゆっくりと宮井は吐き出し、「なのに?」と曽谷が優しく問うと、

「なのに、何だか上手くいかないんだよね……。何でかな」と、苦悩は一周して初めと同じところに戻って来た。

曽谷は確かめるように手を開き、一、二度、指を伸ばしたり曲げたりしてから、いった。

「宮井は、ピアノ弾く?」

首を振る。

「まあ、弾くと思いなよ。次に演奏するのはこの曲だ、と楽譜を渡される。それを見てこんな音かと理解する。メロディの感じも判った。やってみれば指も動いた。弾けた。——本当にそれで弾けたといっていいんだろうか」

答えはなかった。曽谷の問い掛けを考えているのか、いないのか。曽谷の言葉が耳に入り、届いているのか、いないのか。判らない。だが、それでも続けて何かを宮井に伝えなければならない、と曽谷は思った。

「野球はするんだったな。ピッチャーだろ」

今度は、うん、と頷いた。ぎこちなかったが、確かに。言葉は伝わっている。

「おれが変化球を教えてやる。握りはこうだ。やってみろ、……。そう。それで投げてみろ。どうだ、すぐに曲がったか?」

少し間が空く。この人は何をいっているのだろう、と宮井は考えている。黙って待っていると、逡巡《しゅんじゅん》しながら、

「そんなすぐには曲がらないよ。練習しないと」

と答えた。

「その通り。でも握りは教えた通りに出来てる」

「それでも。練習しないとすぐには上手くできない、……んじゃないかな」

そうだ、と曽谷は頷いた。

「譜面を初見で弾けたとしても、それだけじゃいい演奏にはならない。繰り返し何度も練習して、そして本当に弾けるようになる。より素晴らしい曲になる。変化球も同じ。握りが判ったからって、いきなりキレッキレの変化球が投げられるわけじゃない。指が裂けるまで、血が流れるまで投げ込んで練習して、ようやく鋭いキレ味の変化球が投げられるようになる」

宮井が曽谷の方をむいた。まだ訝し気だ。それでもようやく宮井と曽谷の顔が合った。何をいいたいか判るかい、と訊ねると、真面目に考え、それでも、うーん、と宮井は唸った。

「なにごとにも練習が必要なんだ。スポーツなら判りやすいだろう。こうしなさい、と一度教えられたところで、すぐに上手にできないことはみんな知っている。なのに、受験勉強だけは、一度教えられただけで出来るって思う人がいる。教えたらその通り、すぐに解けると思う人がいる。変だと思わないか」

はっとした様子も、何かが腑に落ちた感じもない。一見無表情なままだった。だが、僅かに変化があったと思う。

「頭では判ったつもりでいる。でも思うように身体が動かないなんてことは、よくあることだ。楽器を演奏したり、スポーツをしたり。勉強だって同じ。頭で判っているつもりなのに、思うように解けなくて困っているんじゃないのか。宮井は」

当て推量だ。だが、きっとそうに違いない、と思っていた。

「……かも」と小声で宮井は頷いた。

「そういうときに、こうすればすぐ解決する、といった提案をしてやればいいんだが、そんなものはない。だが『こんな筈ではない』と抗ってもただフォームを崩すだけだとおれは思うよ。いまある状態を受け入れて、ただ出来ることを、ひたすらやり続けるしかないんじゃないかな」

「不貞腐れてなんか」

不貞腐《ふてくさ》れるなんて以ての外だ、というと照れくさそうな笑みを微かに浮かべた。

「どうだか」

休憩時間がそろそろ終わる。教務室に戻って来ない事情を察し、めぐみが何かしらの対応を次に曽谷が入るB2クラスでしてくれていると期待した。だが、算数の授業が始まるのに宮井を引き留めたままにはできない。軽食を摂らせる時間も奪っている。

「戻ろう」と促す曽谷の声に応じず、

「先生は、子どもの頃、野球してた？」

と宮井が訊ねた。

「してない。嫌いだった」

「どうして」

「下手だったからだ。下手だったからおもしろくなかった。おもしろくなかったから上手くなりたいとも思わなかった。上手くなりたいと思わないから練習もしない」

「もし、練習してたら？」

「上手くなって、おもしろいと思うようになり、より練習してさらに上手になっていたかも」

公園、小学校の裏、友だちが住んでいた集合住宅の中庭。ずいぶん長い間、思い出すことのなかった場所が、不意に目の前に浮かんだ。

「そうなったら、きっと塾の教員にはなっていないし、ここでこうしてきみと話していることもない」

曽谷がこれまで一度も見たことがない子どもらしい笑みを宮井は浮かべ、

「練習しないと上手くならないことを、どうしてみんなするんだろう」

「急に哲学的な問題をぶっこんでくるね」

宮井はきょとんとした表情を浮かべた。

「何でもそうだよな」曽谷はいった。

「基本的に人は最初は何も出来ない。ときどき、自分は才能で何でも出来るみたいな顔をしているヤツがいて、無性に腹が立つ」

涙の跡が残る目のまま、くすっと宮井が笑う。

「初期化したばかりのコンピュータと同じさ。そこにいろいろインストールしていけばいいと気付いた人間は新たな能力を自分のなかへ入れていくことが出来る。気付かない人はそのまま。何も出来ない。でも偉そうな顔だけはしている。インストールは」

「努力？」と宮井が訊ねたので、「努力って言葉は好きじゃないけど」と曽谷は返し、

「工夫かな」

と答えた。

「練習でもいい。インストールしようと思う気持ちが、ヤル気だな」

と曽谷は告げた。

十九時からの授業は始まっている。Sクラスは算数。B2では生徒が国語の準備をして曽谷が来るのを待っている。めぐみが上手くやってくれている筈だと信じた。

「小学生のおれは、ヤル気を出さなかったから野球は下手なままだし、結局嫌いなままだった。

——上手いんだって、野球？」

答えはなかった。だが満更でもない顔を宮井はしている。

「前に駐輪場で会った二人は、遊学舎に行きながら野球も続けているのか」

「うん」

「そのことでモヤモヤしてるんじゃないのか」

「ああ……。そうかも」

「やめることになったのはきみ自身の決断？　それともお母さんにいわれて？」

「うーん、どっちも」

「自分の決断の要素もあるのか。だったら納得しろ」

「……うん」

中学校に入ってからまたやればいい、などとムシのいいことをいう気はなかった。「また今度やればいいじゃない」と何の考えもなく口にする大人がいるが、当の本人にとって、「いま」と「いつか」は重さも意味もまったく違う。圧倒的に「いま」が重要なのだ。「いつか」はその積み重ねの先にしかないのだから。

「受験生は大変だな」

曽谷の言葉に宮井が目を丸くした。

「やることが多過ぎる。きみたちがやっているのと同じことをやれるかといえば、やれない大人の方が多いとおれは思うよ。松川も戸畑も宮井も、みんな偉いよ。よくやってる」

「先生も中学受験したんでしょ」

どこからか噂として伝わっているのか。「ああ」と頷き、

「どこか訊いていい？」

「清明学院」

「大変だった？」

「覚えてない。大変だったと思う」

「覚えてない？」

ああ、と答えて曽谷は、

「もし受かってなければ覚えていたかも。大変だった、嫌だった、最悪……。やらなければよかった、と後悔して不満もいいながら、ずっと忘れずにうじうじしている。覚えてないのは結果がよかったからだ。そこに至るまでの大変だったことも辛かったことも、結果がよかったから忘れた。やってよかった、と思うことができれば、すべてどうでもよくなる」

結果がよければ、すべてよくなる。大変だったことも、すべて忘れる——。

これ以上迷惑のかけられない時間だった。めぐみにもだが、何より待っているB２の生徒にも。

「そろそろ行くか」

声を掛けて腰を上げた。

「うん」と頷いて立ち上がった宮井を、「顔、洗ってから行こうぜ」と、曽谷は給湯室の方へと促し、二人で教室を出た。

地下鉄のホームで車輛の到着を待つ間、後ろコマに入るのが遅くなった件を詫び、B２の授業初めを繋いでおいてくれた礼を、曽谷はめぐみに述べた。

マンガかアニメのキャラクターの真似なのか、「なんの、なんの」とめぐみはいってガハハと笑ってから、「それで宮井くんとは？」と訊いた。

やりとりを一通り話してみると驚くほど自分は何も伝えていない。喩《たと》え話と、自分について語っただけだ。だが、「それでよかったと思いますよ。宮井くんなりには何か得ているでしょうから」とめぐみはいってくれる。

「得たって、何をでしょう」

「さあ」

と答えは心許ないが。

「戸畑さんのおかげですね」

「ええ、そうです」

女子のあの達観はどこからくるのだろう。

「そういえば、戸畑さんが以前、口惜しそうにこんなことをいってました」

「何ですか」

「『男子は紡城中を受けられるのに、女子が受けられないのは不公平だ』って。判りますか。曽谷先生」

「判ります」思わず笑った。「本当に負けん気が強いな。それ、いつの話ですか」

五年生の夏頃だったかなぁ、と思い出すような素振りでめぐみはいう。

紡城中に受かればいちばん賢い、いちばん優秀な生徒だと誰もが認める。だが紡城は男子校だ。女子でいちばんレベルが高いのは茅野女子中学だが、だがその茅野を合格しても、紡城に合格した男子よりは下に見られてしまう。

「でもあいつの志望校は、茅野女子じゃないですよ」

「あの当時、宮井くんたち男子に負けたくないという気持ちが強かったんでしょう。六年生になったらちゃんと割り切って考えて。そのあたりのしっかり具合も女子らしい……。というか戸畑さんらしいですよね」

「将来進む大学も、戸畑のなかではもう決まっているみたいです」

生徒面談をしたとき、将来は先生になりたいと戸畑はいった。そのために進む大学も決めている。教育学部のある私立大学で、そこへの進学を考えて、自分は星蹊《せいけい》中学を目指す、といった。名前に「星」の字が入っていることから判るとおり、星蹊はキリスト教系の共学校で、名門私立大学への進学を希望する受験生に人気が高い。

「ところで」

相変わらず閑散としている夜遅い時間の地下鉄に乗り込んだタイミングで切り出した。

「砂生先生、瀧大の説明会のとき、元気なかったでしょう。何かありましたか」

座席に腰を下ろしためぐみは、え、といった怪訝な表情を浮かべもせず、はぐらかしもしなかった。先日、自身の事情を曽谷が隠すことなく打ち明けたからだろうか。

「瀧大附属の説明会のときのことですよね」

「そうです」

「あの説明会に、在校生の子たちが手伝いに来てたでしょう」

「ええ」

校長の学校説明のときに男子生徒と女子生徒が一人ずつ登壇した。他にも数名の現役瀧大附属中生が、笑顔ときびきびとした動きを見せながら職員を手伝っていた。

「あの手伝いに来ていたなかに、教え子がいたんです」

「登壇した子ですか」

「いえ、会場案内を手伝っているなかに」

北沢教場とは別に、彼女が副指導責任者を務めているもうひとつの教場にかつて在籍していた男子生徒だ、とめぐみはいった。

「彼を信じることができずに、ずっと引っ掛かったままになっていることがあって。あの日、卒塾以来初めて彼を見ましたが、口を利くことはおろか挨拶もできませんでした。無視されちゃったっていうか、わたしもぎこちなくなってしまって……」

普段のめぐみを曽谷は知っている。生徒には明るく、自信満々に対応し、ポジティヴな言葉を次々と発する。算数と国語の教員は前に進むための重要な両輪だが、それは教科指導に限ったことではない。父性と母性の役割をバランスをよく担えるかどうか。一方が厳しく叱り、一方が諭《さと》して生徒に納得させる。北沢教場なら曽谷が厳しく生徒を指導し、めぐみが優しく励ます、というように。

そのめぐみが、生徒を信頼できず、たがいに言葉も交わせぬ関係になるとは。

「何があったんですか」

地下鉄の走るガタンガタンと揺れる音だけが聞こえた。

「何を、砂生先生は信じることができなかったんですか」

「あの子の学力です。……受かりたいという気持ち、かな」

曽谷の顔を見ることなく、いった。

その教場でいちばんの成績をその生徒は取っていた。性格は明るく、率先して仲間の前に立つリーダータイプ。困っている仲間がいれば解き方を教え、励ましもする。

「五年生の頃から、彼の志望校は紡城でした。最初はわたしも、『がんばって受かろうね』といっていたんですが」

保護者は堅実な人で、もちろん息子に受かってほしいが無理ならいってやってくれ、親として高望みはしない、とめぐみに伝えていた。最終的な判断は教場の指導責任者と保護者と本人で六年生の秋に話し合って決めましょう、そう伝えてあったが、めぐみはずっと彼を励まし続けた。春先から夏期講習にかけて成績が伸び悩んだときも、「何とかなるよ。がんばろう」と言葉を掛け続けた。

「彼にははっきりした夢があったんです。紡城に受かり、その先大学はここに行き、将来はこういう仕事に就く。人のためになりたい、といつもいっていました」

夏期合宿のテストで四教科最優秀に選ばれれば自分は紡城中を受けていいか、とその男子はめぐみに訊いた。もちろん、といいながらも、めぐみには判っていた。がんばっていないわけではない。

だが合宿テストでも結果は振るわず、口惜しい思いをする。「でも」と「次は」を繰り返し、しかしずるずると後退しているのは誰の目にも明らかだ。どこかで誰かが、止めてやらなければ。無謀なチャレンジをさせるわけにはいかない。子どもの夢と、大人の割り切りとは違う。

話を聞きながら、宮井の顔が頭の中を過った。

「それで？」

地下鉄の揺れに合わせて、めぐみの細い肩が小刻みに揺れている。

「止めました。指導責任者の先生は彼に清明を勧めました。紡城中には届かないけれども清明なら受かる。伸び悩んでいるとはいっても、真面目に取り組んでいるし、塾内テストでも十位には入っている。外部模試の判定も悪くはない。でも紡城に受かるとは思えない……。きっと本当は本人も判っていたと思います」

だが、それでも彼は最後まで、めぐみだけは、「受けよう」といってくれると信じていた……。

「結局わたしが、最後に彼の希望を断ち切ってしまったんです。ここまでよくがんばった、清明学院に進んで大学受験でもう一度がんばろう、そう告げました。でも一度下がったモチベーションが上がる筈もなく」

結末は判っていた。気持ちを切り替え清明に受かっていたなら、その彼が瀧大附属の在校生として説明会に姿を見せることはない。

「受からなかったのですね」

「受験の当日、応援に行ったわたしと彼は目を合わせませんでした。紡城を受けよう、がんばろう、と励まし続けていたわたしが、最後で彼を裏切ったんです」

その彼があの日の瀧大附属の説明会にいた。めぐみと再び会い、そしてやはり目を合わすこともなく、言葉も交わさなかった。

「いまだに消えることのない傷を彼に負わせたままなのだと、あらためて気付かされちゃって、……。中学受験の教員、失格ですね。すみません」

めぐみはハンカチを取り出すと、目頭を押さえた。

「……それは、砂生先生が謝ることではないと思います」

自分が何をいっても無駄だが、それでも言葉を掛けずにはいられなかった。

「もし止めずに紡城を受けさせていたら、受かっていたと思いますか」

めぐみは答えない。

「不合格になれば、それはまた違った傷を残します。後悔しても受けておけばよかったというのは、不合格になる者の痛みが判らない無責任な意見だとわたしは思いますが」

「曽谷先生にも不合格の経験が？」

「……いえ」

でも、あのときからずっと考えている。カトウくんは、深い傷を負ったのだと。経験したことの記憶がなくならないように、一度負った傷は癒えても、なくなることはない。合格確実と誰もが考えていたカトウキワムと、本人も周りの大人たちも、絶対ではないといい続けたその男子とを容易に比較することはできないが、合格か不合格しかないという点において入試は公平であり、傷つくという点においてもそれは同じだ。

一瞬にして希望していた未来は奪われ、思い描いた夢が打ち砕かれる。

「紡城中を不合格にならずによかった、という考え方ですか。でも彼は清明も落ちました」

というめぐみに対し、覚悟を決めていった。

「清明の不合格は彼の弱さが招いた結果です」

めぐみが顔を上げる。口唇を固く結び、睨むように曽谷を見た。その目がすぐに寂しげな目に変わった。

「第一志望の学校に不合格になりながら、二次や後期の入試に臨まねばならない受験生はいます。そのとき大切なのはメンタルの力です。何があっても受けたからには受からなければならない。次は大丈夫だと自分を信じる力、ですかね」

「曽谷先生は」めぐみはいった。

「強いんですね。……不合格になったことはなくても。やはり経験者だからですか」

「かもしれません」

絶対に受かると思っていた仲間が不合格になるのを目の当たりにしたから。あのとき知ってしまったのだ。絶対はない、ということ。そして、受からなければ深い傷を負うということも。

派手な美しい柄の傘を手にした松川の母親の姿が、曽谷の頭に思い浮かんだ。

「彼のなかには、わたしが最後に裏切ったという記憶がきっと残っています」

というめぐみに曽谷はいった。

「それは、そんなに悲しいことですか」

「え」

「すみません。……砂生先生的にはそうですよね。でも、われわれ教員と生徒との関係ってそんなものでしょうか。あ、いや、裏切ってもいいといいたいわけではなくって」

上手くいえずに慌てた曽谷を見て、呆れたような表情をめぐみは浮かべた。

「砂生先生の判断は正しいと思います。自分がいいたいのは、生徒に好かれようとか、いい人だと思われようとして、正しい判断ができなくなってはならない、ということです。裏切られたと生徒が思っても、長い目で見て正しい判断をしたのだと判ってくれれば。それでいいと思いませんか。生徒と仲良くなることが教員の目的ではないと思うんですが……。ドライ過ぎますか」

「……いえ、そうだと思います」

曽谷先生は強いですねぇ、とめぐみはいって、「その強さで例の双子の兄弟をとっちめたんですか」と笑った。

地下鉄が駅に到着し、ドアが開く。この日も乗って来る乗客はいない。

ホームドアが閉まり、再び走り始めると、

「ずっと気掛かりだったことがあって」

「何ですか」

「結局清明も落ちて、後期試験で瀧大附属に進学した彼なんですが、夏期合宿で仲良くなった別教場の子がいたんです」

そういえば本部から、生徒配布用の夏期合宿の通知文が届いていたな、と思い出した。教研ゼミナール六十教場の全中学受験クラスの六年生が集い、成績別でクラス編成をする。他教場の生徒と出会う機会でもある。そして、そこでテストが実施される。

「彼は合宿では最上位クラスだったんですよね」

「そうです」

紡城中受験を考えていたなら、最も優秀な生徒が集まるクラスに組み入れられていた筈だ。

「その仲良くなった男子と、『いっしょに紡城中に行こう』といい合っていました。受験はひとりでするもの、とわたしももちろん思っていますが、同じ目的にむかって切磋琢磨《せっさたくま》し合うことは悪いことではありません」

「紡城受験を断念せざるを得なくなったとき、モチベーションが低下したのにはそのことが影響したと思われているんですか」

めぐみは答えなかった。

「その仲が良かった生徒というのは？」

「北沢教場の男子です」

「瀧大附属にいた彼は、先生が北沢も担当されていることを」

「知っていました」

仲が良かった二人の教場をどちらも担当し、一方の教場の生徒は受けさせ、もう一方の生徒には「あきらめなさい」といわなければならない。

「北沢教場の生徒は受かったのですか」

「ええ」

葉村先生の指導で受かったんだと思います、とぽつりとめぐみはつぶやいた。

研修会のことを思い出し、

「葉村先生は以前研修会の入試分析で、『受からなければ意味がない。だが合格するだけでは、それもまたあまりに意味がない』というようなことをおっしゃっていました」

曽谷が告げると、めぐみは口元に僅かに笑みを浮かべながら、

「葉村先生らしいなぁ」

といった。

「その言葉がとても印象に残っています。……瀧大附属に進学した彼も、いつか合格すること以外の意味も判ってくれるんじゃないでしょうか」

「でも、曽谷先生は絶対合格させなければ派でしょ」

痛いところを突かれて、「ま、それはそうなんですが」としどろもどろに答える。

乗り換え駅に着くと、降り際にめぐみが、「合宿の通知文、来週から配りましょう」といった。

「判りました。よろしくお願いします」

「今年は、合宿テストで北沢に最優秀賞を持って帰りましょうね」

「宮井ですか」

「ええ」

力強く頷き、

「他のみんなにもがんばってもらって」

「判りました」

「約束ですよ。国語の教科賞、頼みましたからね。曽谷先生」

といって去っていく。

岡部聡と宮井弘人

夏期講習の最中、お盆休み前に行われる夏期合宿は、中学受験クラス在籍の六年生は全員必須参加。貸し切りバスで郊外の研修施設へ行き、三泊四日を過ごす。参加費用は六万七千円。講習代金とは別。

パーティションを外して連結した広い会議室での開校式が終わると、曽谷は早速、六Hクラスの授業に入った。一クラス三十八人は普段の倍に近い人数で、それほど多くの生徒を前に授業をした経験が曽谷にはない。「声の出し方から違うんだ」とは昨年も参加した水田からのアドバイスだ。

授業担当以外に、入浴時の監督、生徒の健康管理、就寝時間の巡回と業務は次々やってくる。教室の場所が判らず施設内で迷子になった、大浴場で時計を失くした、お腹が痛い、何時にはお家に連絡しないといけないのにスマホがない、と不測の事態は途切れることがない。

授業担当のない空き時間は施設内ならどこにいようと自由だが、初日はほとんどの教員がロビー隣の教務室にあてた部屋で予習をしていた。授業や受験についての情報交換に、時折、どうでもいい無駄話。

就寝準備前の最後のコマが空きコマだった。慣れないこと続きで緊張したのか、予習の気力もなく教務室で項垂れていると、「曽谷先生、今年が初めての参加？　大変でしょ」と先輩教員に声を掛けられた。返事もできず、曖昧に「ええ」とだけ頷く。

廊下の向こうに、授業中の教員の声がいくつも重なって聞こえる。

教務室の端では年配の算数教員が並べたイスをベッド代わりに眠っていた。先輩の社会の教員は予習に余念がない。

「可燃」と「不燃」と書いた二枚の大容量ゴミ袋を長テーブルにガムテープで貼り付けていた算数の教員が、作業を終えると、

「コーヒーでも飲むかい」

と社会の教員と曽谷に声を掛けた。

塚ノ台教場の指導責任者を務める下条《しもじょう》という教員で、表情も喋り方も穏やかだ。施設の用意するポットの湯も、カップといっしょに置いてあるドリップコーヒーも好きに使っていいという。

「眠気に効くとは思うんですが」

「胃にキツいんだろう。コーヒーが」

「そうです、実は」ここ数日、きりきりと痛んでいる。

「今年初めてなんだって？　慣れてないとなかなか面食らうことも多いだろう」

「はい。もう初日から疲れました」

ドリップコーヒーの香ばしい濃い香りが漂ってくる。

「ふだんは北沢？」

「そうです」

カップにのせたフィルターに湯を注ぎ足しながら、「北沢はいい生徒がいるね」という。二つ淹《い》れたうちの一つを社会の教員に渡し、そちらで何か会話し始めた。

ロビーに出るとそこにも教員がいて、曽谷が出て来たことにも気付かぬ様子で、顔を上げることもなくスマートフォンで何かの動画に見入っている。

その脇を通り階段を上がった。廊下の窓の外はすっかり夜で、ガラス窓の外側に羽虫が勢いよく飛び交っていた。女子はまだ入浴中の班があるのか、廊下を女性教員に引率されて浴場へむかうグループと行き違う。合宿前に、「女子はお風呂が地獄なんです」と魂の抜けた声でめぐみがいっていたのを思い出す。数日前から女性教員間の連絡頻度が増え、「ドライヤーが」「カランの数とシャワーの数を生徒数で……」と相談する電話の声が聞こえていた。

二階に上がると照明を落とした暗い廊下の端に、非常灯の緑のランプが灯っている。

クーラーが稼働しているからか、教室のほとんどのドアは閉まっていた。

廊下の中程の教室から、笑い声が聞こえて来る。指導の腕は確かだが、運営がいい加減で報告が遅いといつも指摘されている中堅の算数教員が授業をしていた。生徒には信頼ではなく、人気がある。

「じゃあ次。何教場ですか?」

クイズ番組のMCばりに生徒を指名する声が聞こえ、当てられた生徒も同じペースで、「杉本《すぎもと》教場からきました、ヤブウチです」と答える。「じゃあ、ヤブっち。答えをどうぞー!」「ハイッ、二十六です」「ぶーっ、惜しいっ」教員が、ちゃっちゃら〜、と効果音を口で真似て入れるとまた笑い声が起こった。

その隣の教室のドアは僅かに開いていた。ホワイトボードの前に直立した理科教員が問題解説をしている。棒読みに近い声で眠気を誘う。一区切りつき、「判ったかな」と訊くが、誰も返事をしない。

ソファが置かれた二階のロビーを通り、先の角を折れた。

最上位のNクラスが授業を受けている教室がある。北沢教場からは宮井と松川が選ばれていた。合宿中、曽谷の担当はない。

細く開いたドアの陰に立ち、耳を澄ますと、解説が始まるところだった。

担当は、あのねちっこく喋る古参のベテラン教員だ。主人公の心理の変化を問う問題で、指名された女子が、「エにしました」と答えた。「はい、そのとおり。いいね」と粘っこくも、柔らかくも聞こえる声でいって、「じゃ、次の問題いこうか」とベテラン教員が進もうとしたところで、

「先生」

と声がした。

「何かな」

「どうしてエになるのですか。理由を解説してください」

ん、とベテラン教員が問い返す。

「きみの答えは？」

「エです」

奇妙な間が空き、「それなら別にいいんじゃないかな」とベテラン教員はいった。怪訝な表情を浮かべているかもしれないが、曽谷の位置からは判らない。自分の解答が間違えていれば、当然説明を求める生徒はいるが、正解にもかかわらず解説してほしいという生徒はいない。

「えーっと、きみは、——」

「北沢教場、宮井弘人です」

「宮井くんは、どうしてエを選んだの」

「はい」と返事をしてから、アが間違っている理由をまず述べ、イはこの部分が本文に書かれている内容と違う、でも、「ウとエで迷いました」という。

はぁん、とベテラン教員が鼻を鳴らすように声を出し、

「判った。アとイについてはいま宮井くんがいったとおりだ。みんなもいいかな。ではウとエに

ついて先生、説明するけど、いいかい」

「お願いします」

明瞭な声で宮井は答えた。

「じゃあ、ウのこの部分に線を引いている人はいますか。ここは本文のえっと、六十行目あたりかな、ここに書いている内容と比べて検討してみると……」

簡潔で、納得のいく解説をベテラン教員は生徒に聞かせた。

「これでいいかな？」

と全員に対し訊く。はい、はい、と声がして、「宮井くんもオッケー？」と問う。

「判りました。ありがとうございました」

Nクラスの教室の前を曽谷はそっと離れた。

ソファがあるロビーまで戻ると、水田がいて屈伸や背伸びをしている。

「何してんの？　お前、授業中だろ」

「いや、ちょっと睡魔が」

生徒たちが解くのを待っている間に眠気がやって来る。部屋の外の空気を吸おうと外に出て来たという。

「お前こそ、何でここに」と深呼吸しながら、

「他の教員の偵察？　もしかして自教場の生徒が心配で様子を見に来たのかな」

「まあ、そんなところ」

「気持ちは判るが空きコマは休んでおいたほうがいいぞ。あとで辛くなる」

「お前とは違うよ」

いい返すと、いまに判る、と水田はニヤリと笑った。


教務室に戻り、しばらくすると廊下の端や二階がざわつき出した。授業が終わったのだ。

「さぁ、ここからもう一仕事だね」

と下条が伸びをしながら立ち上がる。

生徒の部屋を見回り、歯を磨かせ、検温、おとなしく就寝させるのが一日の最後の仕事だ。外泊に興奮してか寝付けない生徒がいる一方で、明日もがんばろうと、ベッドに入り目を閉じる生徒もいる。最近はスマートフォンを所持して参加する生徒も多く、禁じても教員の目を盗み使おうとする。集団行動の規律さえ守ってくれればいいのだが、それが出来ない子どももがいるのだ。

取り上げることが出来れば話ははやいが、最近はそれで文句をいう保護者がいて厄介だ。

「ちかれたびー」とマンガのようにいいながら疲労困憊した様子で水田が戻って来る。

「まだ終わりじゃないんだろ」

「そう。ここからが本番だぜ、曽谷先生」

座り込んだ水田より一足先に、空きコマだった教員と宿泊棟へむかう。廊下のあちらこちらで、

「静かに」「はやく寝る準備して。消灯十一時」と声掛けが始まっている。

クイズ番組ばりの授業をしていた算数教員が、いつ着替えたのか、ラフで派手な格好をして、「はやく歯磨けよ。ベッドで飛び跳ねるんじゃないぞ」と室内へ呼び掛けている。その度に室内から笑い声が起きる。

「入るぞ」

北沢教場の男子の部屋を、曽谷は開けた。

「あ、先生」

ドアを開けたところに松川が立っていた。

「何してる」

問うと、ドア脇の浴室を指し、順番で歯を磨いているという。いまはトモダくんとタニダくんが磨いている、自分の番は次なのだ、という松川の手には確かに歯ブラシが握られていた。パジャマ代わりのTシャツの胸に、飛び出すような書体で「KANSAS」と書かれていて、「何それ、きみの出身地?」と訊くと、松川の頭の上に「?」マークが浮かんだ。

「宮井は」

窓際のベッドの上で、教材のプリント束を開いていた。

「宿題が出たのか」

「うん、違うけど。さっきの直し」

それなら、うん、じゃないだろう、とはツッコまず、「そうか」とだけ答える。

浴室のドアが開き、出てきたトモダが「あ、曽谷先生」と声を上げ、「寝る準備できたか」と応じる。もうすっかり寝る仕様のトモダのトレーナーの胸には「UNIVERSITY」とロゴが入っていて、松川が「それ、トモちゃんの出身地なん？」と意味が判らないまま訊いている。トモダも要領を得ないらしく、「かも」と適当なことをいう。

「どうだった？」

ベッドの上の宮井に曽谷は向き直った。

「何が」

「合宿一日め」

「うん、まあ、そうだね」

ごにょごにょと歯切れが悪い。松川に、「お前はどうだった？」と振ろうとしたが、残念ながら歯磨きをしに浴室にこもってしまった。ガシガシと磨く音が聞こえてくる。うがいの音はタニダだろう。「家に電話していい？」と訊いたトモダはオモチャのような子ども携帯を耳に当て、母親が出るのを待っている。

「フツー、かな」

プリント束に顔を向けたまま宮井はいった。

「テスト、明後日だよね」

「ああ」

「総合一位は難しいかも。Nクラス、かしこそうなヤツいるし」

「そりゃそうだ。当たり前だろ」

当たり前かぁ、と宮井。

「そのクラスにきみも松川も選ばれたんだろう。きみたちを見て、Nクラスの他の連中も同じことをいってるよ」

「そうかなぁ」

電話をしながらトモダが、「宮っちなら、だいじょうぶだって」とトレーナーの長い袖を振りながらいう。母親と会話しながらこちらの話を聞いていたのだとすれば器用だ。「何？」と電話の向こうの母親が問う声が聞こえた。「そんなに軽くいうなよ」と宮井がトモダを叱るが、もうトモダの意識は電話の向こうだ。

「誰がかしこそう？」

「岡部ってやつ」

即答した。

六年生になってから教場には塾内テストの成績表だけでなく、外部模試の順位表も貼られている。塚ノ台教場、岡部聡。才木も知っていた。

「実際に会って、どうだった。やっぱり優秀か」

「うん。算数がスゴくデキて国語もいい」

「算数なら負けてないだろう」

「うーん」

「国語だって」

今度は「うーん」と唸りもしない。首を小さく斜めに傾げ、ちらりと曽谷を見る。

「艶っぽい目で見るなよ」

冗談めかしていった。宮井はくすっとも笑わなかった。

タニダと松川が浴室から出てくるのと同時に、「この部屋、準備進んでるか」と巡回中の教員がドアを開けた。室内にいる曽谷を見て、

「あ、いらっしゃったんですか」

「いま出ます。もう寝させます」

立ち上がり、「じゃあ他の部屋見てくるから。はやく寝ろよ」と声を掛け、部屋を出ようとした。

「先生」

振り返ると宮井が、「いや、いいや。何でもない。おやすみなさい」といい、「おやすみ」と返して部屋を出る。消灯された廊下では、教員たちが足音を殺して、眠るように生徒を促して回っている。

翌朝、食堂で、「あ、曽谷センセー」と声を掛けられた。北沢教場の生徒ではなく、少し離れた位置に座る二岡教場の女子だった。栗沢兄弟の件がなければ今年引率してくる筈だった生徒だ。「おおー」と手を振り返す。配膳がもう終わるので、近づいて話している時間はない。何人か昨日の授業でも会っていた。

「後でな。そろそろ『いただきます』だから」

その後午前中に担当したFクラスにも二岡教場の女子生徒が二人いた。二階の教室に入って行くと、開始までまだ五分ほどある。

「先生、ひさしぶり」

「ひさしぶり。ちゃんとやってるか」

と声を掛けると、「えへへ」と笑って肩を竦《すく》めた。

二岡では誰それが今はいちばん成績がよくて、合宿ではJクラスに選ばれた、何々ちゃんがGW明けにやめて他の塾に行った、うちの犬が最近子犬を産んだ、教場近くのパスタのお店はつぶれて携帯電話ショップに変わった……と一気にまくしたててくる。そうなんだ、へー、マジで、と答えながら「教場長は元気?」と訊ねると、

「相変わらずー」

との答え。ひとりがもぞもぞと、「塾長先生、いや」という。

「何で？」

「口先ばっかりで真剣に話を聞いてくれてないから」

「なるほどねー」

曽谷も笑うしかない。子どもはよく見ている。
F、J、昨日に続きHを担当し、昼食時間に食堂へ向かう。途中で水田と会い、どの教場の生徒がデキる、どこそこの教場は躾《しつけ》がなっていない、授業途中に持ち込みを禁止されているスマートフォンを見ようとしたヤツがいる、と情報交換をする。後ろからきためぐみに、「お二人、仲がいいんですね」と茶化された。
昼食が始まったところでテーブルの間を見回り、知っている生徒にも知らない生徒にも、「授業どうだった」「食欲ある？」と声を掛けていると、

「曽谷先生」

と呼ばれた。振り返ると、宮井たち北沢教場の男子と他教場の男子が混じって座っている。

「何だ？」

ハンバーグやサラダを口に運んでいた手を止め、やって来る曽谷に目を向けた宮井と松川の間に、利発な顔つきの男子がいた。合宿に来てから同じクラスになった生徒だろう。

「今日の晩の自習って何時までやってもいいの？」

宮井が訊く。「テスト前の、対策自習の時間」

「ああ」

「ほら、いったとおりじゃん」

らしからぬ子どもらしい口ぶりで、隣の男子の肩をぽん、と宮井は叩いた。

「おれ、三時までやるもんね」「じゃあ、おれは朝までやるー」とテーブルの他の男子たちが口々にいい合うなか、その引き締まった顔の男子は笑顔で頷き、宮井を見返した。Nクラスの担当は曽谷にはないが、宮井とやりとりする親しげな様子とその落ち着いた雰囲気から、判った。

さりげなく胸の名札に目を走らせる。

「きみ、岡部くん?」

「はい」と男子生徒は答えた。

「塚ノ台の岡部聡です」

「よろしくな」

曽谷がいうと、「お願いします」と頭を下げた。

「先生、ほらエビフライ」というトモダに「知ってる」と答え、「がんばれよ」と声を掛けて曽谷はテーブルを離れた。宮井が何かをいい、男子たちが笑う。振り返ると岡部も笑っていた。共通する点など一つもなさそうな二人だが、遠目に見ると、背格好と頭の形がよく似ていた。

夜になると、自習時間と重なる時間帯で入浴当番が当たっていた。

水田と下条、それに一年めの教員の四人で、生徒を脱衣させ、次々と大浴場へ送り込んでは、「頭を洗え」「ちゃんと肩までつかれ」「パンツ、忘れるなよ」と声を掛ける。女子入浴の担当者と比べると大変さは雲泥の差で、楽だ。

二十名を越える男子を風呂に入れたところで、「次のグループ、呼びに行って来ます」と新卒の教員が教室へスリッパを鳴らして駆けて行く。三人は、浴場前のベンチに腰を下ろした。

「疲れるだろ」と水田。

「当たり前だ。よく、こんなこと、やれてますよね」

下条にいうと、「慣れだよ、慣れ」と返って来る。

「先生のところの教場の生徒は、問題なくやってますか」

水田が下条に訊ねた。

「大丈夫みたいよ。まあ日頃の躾がいいからな」

と口調が冗談か本気か判らない。

「北沢教場は、今年紡城を受ける生徒がいるんだって?」

「ええ。まあ」

「宮井くん、だっけ?」

そうです、と頷く。

「覚えてもらってましたか」

「そりゃ他教場の生徒の名前は見ているからね。特に、デキる連中は。うちの生徒も相当意識しているみたいだし」

「岡部くんですか」

「教場に貼っているだろ、塾内テストの成績順位表。あいつら、あれ見てうるさいんだ。どこの誰が上がって来たとか、こいつはどんなやつなんだろう、とか。ファンじゃないっての」

「うちも同じですよ」曽谷は答えた。やりとりを聞いていた水田が、「優秀な生徒がいる教場は楽しそうでいいな」と愚痴る。

「羨ましいだろう」

「なんのなんの。こっちは気楽でいい」

穏やかに笑っていた下条が、不意に、「曽谷先生は、清明だって?」と訊ねた。そうです、と頷くと、

「受験勉強、ずいぶんやった?」

「それほど真面目には」

「でも清明だよね」

「それをいわれると、……まあ、ちょっと返答に困るクチです」

「紡城中を受けるって話はなかったのかい?」

「まさか。足元にも及びません」

「そうか」

「ぜんぜん違いますか。紡城と清明じゃ」

水田が訊ねた。水田はこの地域の出身ではなく、高校まで公立だ。

「違うと思うよ。多分、ぜんぜん違うと思う」

大学進学、就職、通って来る生徒の層――。清明は自由な校風だった。学力的に自分も同級生たちもそれほど優秀だとは思わないのだが、知識や文化的教養は豊かだった。窮屈な思いをしたことがない。その時期の経験は目に見えない形で自分という人間基礎形成に影響している。

紡城はさらに上を行くのだろう。見たことのない場所については想像することしか出来ないが。何が違うといわれれば清明にはまだ見上げる先があり、紡城にはそれがない。

「きみのところの前任の葉村先生は紡城中だったって、知ってる？」

下条がいった。

「野脇課長から聞きました」

「だからどうだっていうわけじゃないけど。教えるのと自分が学ぶのとは、また別だもんね」

「下条先生は、葉村先生のことをよくご存じだったんですか。仲がいいとか」

水田が子どものような質問をする。

「まあ、そうだね。僕は、彼を理想の教員だと思っていたけど。毎年実績もちゃんと出す、スタンドプレイをすることもない」

きみたちは葉村先生のことは、それほど？　と問われ、「教務研修会のときだけです」と水田が答える。

「ああ、あのときね」と何を思い出しているのか、下条は小さく笑った。

ざばーん、と浴室から派手に湯を浴びる音がして、ガラス戸越しに子どもたちの笑う声が聞こえた。下条と水田の二人は立ち上がると洗い場に入っていき、「遊ぶなー！」と怒鳴る。はーい、と素直な返事があって、また笑い声。

戻って来た下条に曽谷は訊ねた。

「葉村先生が教ゼミをお辞めになって、どうされているか。ご存じですか」

「いや……」

下条は首を小さく、傾げるように振り、

「聞いていない。野脇課長も知らないんじゃないかな。あとは砂生先生だけど。彼女が知らないなら誰にもいっていないのかも。辞めた理由も含めて」

「組織のなかで教える限界を感じられたから、とかではないんですか」

と水田が問う。

「水田先生は、教ゼミという組織のなかで教えることに限界を感じてるの？」

笑いながらだったが下条に問い返され、「いいえ。違います、違います」と水田は狼狽気味に首を振った。

「水田先生が大手塾のことを組織というのなら、葉村先生はそういうタイプでもなかったね。一見窮屈なように思うかもしれないけど、塾というのはどこだってそうだろう。やり方が違うと思えば、自分で働きかけて変えてしまう。そういう人だった」

「他のブランド大手に移られたのではないんですか。遊学舎とか」

「もしそうなら噂として耳に入ってくるよ。狭い業界なんだし。考えられるとすれば、どこかの小さな地場塾かなぁ」

葉村が移った先として「小さな地場塾」と下条が口にしたとき、曽谷の胸に痛みが走った。茅野女子に進学した女子生徒の母親にいわれたあの言葉。本質を見ない偏見だと曽谷は思っていた。大手塾の方がよく見える、だがそれはよく見えるだけなのだと。しかし、自分もあの母親と同じ轍《てつ》を踏んだ。大手塾の方が優秀な教員がいる、と思ってしまった。

だが、いざ来てみて蓋を開けると、そうではなかった。自分は浅はかだ。大手塾がいいとか小規模塾が駄目だとかではなく、ただ「いい教員」と「そうではない教員」がどこにでもいるだけだ。

もう判っていた。

あの母親が娘を転塾させたのは、自分が信頼に足る「いい教員」ではなかったからだ。もし、自分が葉村のような教員だったなら、あの母娘は。

「大手塾に優秀な生徒が集まる、という一面は否定出来ないけど」

大浴場前のロビーの天井には、淡いオレンジ色の照明が設置してあった。その照明の下で下条は続けた。

「デキる生徒を特に教えたい、という人でもなかった。合宿のクラス担当を決めるときだって、上位も下位も関係なく葉村先生は受け持っていたしね」

曽谷も水田も、Nクラスはおろか、Kクラス以上の担当がないのは同じで、上位クラスはほぼベテラン教員を中心にして組まれていた。今年の夏期合宿の時間割を見ると、古参のベテラン教員は、中程度以下のクラスを受け持っていない。

「どんな生徒であっても隔てなく教えてらした、ということですか」

曽谷が問うと、

「もし彼に望む生徒像があるとすれば、それは成績とかではなかったかもね」

「何ですか」

「ヤル気、か。あるいは、志がある生徒」

「こころざし、ですか」

「困難に向き合ったときに、あきらめずチャレンジしようとする生徒、かな。『無理にさせることではない』とよくいってもいたけど」

「無理に……」

「そう。中学受験は本当に大変だから、無理にさせても壊れてしまう。自分からやろうと思ったときに初めて、その本人にとって価値が生まれる、そんなことを葉村先生はいってたな」

下条の目が、曽谷と水田に向けられる。「そうですね」と何かを考えながら水田は答え、容易に返答することが憚《はばか》られた曽谷は黙り込んでしまった。

そのタイミングで、次に入浴するグループを呼びに行っていた若い教員が「次の入浴組、来ましたよー」と生徒を引き連れ戻って来る。

入浴監督を終えると、次は自習室だ。

ほどほどにしか取り組めていない生徒もなかにはいるが、大半はテストに備えて気合が入っていた。ふだんの教場の躾がこういうところで出る。「テストなんて自分たちには関係ない。成績がいい人たちだけががんばればいい」と言い訳じみたことを口にして早々にあきらめるのは容易だが、それでは寂し過ぎる。肝心なところでやりきることができないのは、本人ではなく日頃、躾けてきた教員の責任だと思う。

教室を巡回している途中、辞書と首っ引きで生徒の質問に答える水田と会った。

「よくやるな」というと、「まだまだ。これから」との返事。

生徒には「今夜の自習時間は終わりを決めていない。限界までやっていい」と伝えてあるが、

「あれ、本当か」と曽谷が問うと、

「去年は二時前までやったやつがいる。さすがに寝かせたが、今年だって判らんぞ」

との返答。

「マジか」

「リミッターが外れると無謀なことをいいだすんだ。今晩寝られると思うなよ」

といい残し、また別の教室へ入って行く。

大広間に入ると、後列の長テーブルに座る女子グループに「ない」の識別を質問された。「五年生でやっただろう。『ぬ』に置き換えられるのが助動詞、そうじゃないのが形容詞。形容詞は文節で切れる。何々ないって形容詞の一部というのもあるから気をつけろ」と説明すると、初めて見た顔の女子が、「汚い、とか、はかない、とか」と答えた。「そう」「でもズボンを『はかない』は『はかぬ』っていえるから助動詞なんだよ」と彼女がいうと、周りの女子が「へー」と感心した声を上げる。

次の教室で、ひとりで黙々と問題を解いている痩せた眼鏡の生徒に、「先生、これ、合っていますでしょうか」と礼儀正しく呼び止められた。どれどれ、と記述解答を見てやり、この部分が足りない、でも挿入すると字数がオーバーする、ここをカットしてはどうか、とアドバイスすると、

「ありがとうございました。またよろしくお願いします」

と大仰で過剰に丁寧な礼を述べられ、思わず「いえいえ。こちらこそまたお訊ねください」と合わせてしまう。

この角度を出すにはどうすればいいか、どれを一として考えるのか、どうすればこの差を求める式が作れるのか、と次から次へと質問が飛んでくる算数の教員と比べると、国語担当の忙しさはそれほどでもない。

「ちょっと待って」「もー、そこはこうでしょ」とめぐみが必死の形相で駆けずり回っていた。ふだん動じることのないめぐみの右往左往する姿を見て、北沢教場の生徒がくすくす笑っている。他の理系教員もだいたい似たような感じだが、別の部屋では下条が、慌てた様子もなく穏やかに次々と生徒の問いを捌《さば》いていた。

二階中央の部屋では、何をしたのか、端の方で二人の女子が中年の女性教員に叱られ、不貞腐れている。曽谷の後ろにきた教員が「また誰かやらかしてんのか」と呆れたようにいった。

「ま、そろそろ集中力の切れる最初の波がやってくる頃だな」

時計を見ると十時を過ぎたところだ。昨日の就寝準備はこの時間だった。

スピーカーから野脇の声が流れてきた。

「自習中の生徒のみなさん。十時になりました。疲れが出てきた人もいると思います。やることがひととおり終わったら、部屋にもどって就寝準備をしてかまいません。無理して明日のテストで眠たくなっても困ります。まだやれるという人は自身の健康管理に注意して、適度なところまでやってください。念のためにいっておきますが部屋に帰ったら静かに寝てくださぃ……」

ぱらぱらと立ち上がる生徒がいる。いっしょにいた仲間に「じゃあな」と手を振り、「おれは寝るけど、お前たちはがんばってくれ」とカッコよくいい残し去っていく子もいた。

連続して込み上げる欠伸《あくび》を止められず、眠い目をこすりながら、鉛筆を動かし続ける子もいる。

野脇のアナウンスをきっかけに四分の一ほどの生徒が居室に帰って行った。

次の教室に入ると、前方に見覚えのある頭が並んでいた。机間巡視しながら近づき、眠気を必死でこらえている松川の肩をポンと叩く。宮井が振り返り、「先生、これ見てもらっていい」とプリント束を差し出した。

心情を八十字以内でまとめる記述問題で、答えを書いたのは少し前らしく、教員に見てもらうつもりで宮井は待っていたらしい。それが自分だったのか、それとも国語の教員なら誰でもよかったのか。見たところ、ほぼ正解している。

「いいんじゃないか。背景も理由も正しく書けているし」

「マジで。よかった」と笑顔を見せる。

「もう眠くってさぁ。な」

隣の男子に笑いかけた。岡部だった。うん、と頷きながらも少しも眠たそうには見えず、本当は眠いのか、ただ宮井の言葉に合わせただけなのかは判らない。後ろの席で松川が、うんうん頷く。

「無理するなよ」

「するよ」

顔を引き締めて宮井はいった。

「判った」とだけ答えて曽谷はその場を離れた。

しばらく教室を見て回る。

一階の大広間にもどると空席が目立っている。後方にめぐみがいた。

「十一時になって、かなり帰っちゃいました」

「北沢の女子たちはどうですか」

「戸畑さんたちはさっきまで、結構がんばってましたよ」

就寝準備担当の教員は決まっている。だが、生徒の質問に離れられずにいる教員がいるのを曽谷は見て、

「就寝の見回り、行ってきます」

「曽谷先生は自習室の担当でしょう」

「でも、算数の先生の方がここの需要はある筈なんで。代わりに行って来ます」

そういって宿泊棟に向かった。

小一時間程度で巡回を終えて戻ってくると、自習している生徒の数はさらに減っていたが、それでもまだ少なくない数の子どもがあちらこちらで黙々と問題を解いている。

大広間の端で年配の教員がイスに座り、崩れるように眠っていた。

どの教室も静かだ。紙の上を走る鉛筆の音だけが聞こえる。

教室の前方に四人組の女子グループがいて、そのうち二人は北沢教場のB1クラスの生徒だった。合宿ではDクラス。学力の高い子たちではない。

やや後方に、水田と若い教員が見守るように立っていた。

「あいつら、よくやってる」声をひそめて水田がいう。

近づいて行き、手元を覗き込みながら、

「ちえり、眠くないか」

曽谷は声を掛けた。

多野《たの》ちえりは、「うん」と頷き、「眠たい」と目をこすった。「じゃあ、うん、じゃないだろ」と返したが、笑う余裕はもうないらしい。

「ほのかも」

と隣の鈴川《すずかわ》ほのかに訊くと、「大丈夫」との返答。欠伸混じりで、らいじょうふ、と聞こえた。

「まだ、やるのか」

「多分」という。他の二人の女子も、止まりそうになる手を必死に動かし、目の前の問題に取り組んでいる。

「あ」ほのかが落とした消しゴムが長テーブルの下を転がっていった。目をこすりながら拾おうと手を伸ばす動きがぎこちない。しゃがんで取ってやる。

「はい」

「ありがとうございます」真っ赤な目をしていった。

しばらくすると多野ちえりが、「Nクラスはまだやってる？　宮井とか松川くんは」と訊いてきた。

「どうだろう。やってるかな」

「……わたし」

ぽつりとちえりがいった。

「負けたくない」

「何に？」

宮井とか松川くんたち、という答えが返ってくるかと思ったが違った。眠そうな目をしながら彼女が「負けたくない」といった相手は、具体的な誰かを指しているのではないらしい。

他の生徒に彼女たちが軽んじられるといったことは、曽谷が知るかぎりなかった。北沢教場の生徒は誰もが他人に優しく、手助けを惜しまない。下位クラスの生徒が揶揄されるようなこともない。それは、同じ目標に向かう仲間であると認め、たがいに理解を示す姿のように思える。

だが受験である限り、行先の結果が二つに分かれることも彼らは知っている。合格と不合格と。

子どもたちに優劣のレッテルを貼ってるのは大人だった。教員とか、親とか。無責任に批評を加えるのはいつも当事者ではない者たちだ。

彼女たちが「負けたくない」と思っているのは自分たちへの一方的な評価、理不尽なレッテルを貼られることにかもしれない、と曽谷は思った。

「わたしもー」と、ちえりの隣に座っている大柄な女子が小さく叫んだが、誰も咎めなかった。

「負けたくない」

その想いが、彼女たちを猛然と突き動かしているのだと曽谷は思った。


三日目の朝が訪れた。眠そうな顔をしているものが半数、強張った表情を浮かべて落ち着かない様子のものが半数。テンションが高まり過ぎたか、高々とヨーグルトを掲げて陽気な声を上げた生徒が野脇に叱責されたが、全体的に昨日より静かで緊張感がある。

トーストを齧りながら曽谷が目を向けた先の生徒のテーブルには、泰然自若といった様子でサラダを口に運ぶ岡部がいた。試合前のアスリートのように思えた。緊張で戸惑いを覚えているように見える生徒がいるなか、少しも動じた様子がない。

隣でパックの牛乳に口をつけている宮井はいつもより頬が赤い気がするが、昨夜遅くまで自習していたにしては、さほど眠さはないようで、そのすっきりした表情に曽谷は安堵した。

テスト開始は午後だった。テスト監督の配置、回収方法、採点の手順を朝食後のミーティングで確認する。採点に時間がかかるという理由で国語は最初に実施される。「国語の先生はテスト監督はなし、採点作業に専念してください」と指示があった。

午前中に三コマの授業を終えてから昼食。食堂へ移動する途中、北沢教場のB1の男子生徒二人と会った。

「どうだ」と問うと、「まあまあだよ」という。「何が」と重ねて問うと、「えー」と曖昧な返答。同じB1の誰それがさっきの授業で褒められた、どこそこの教場の何とかって子と仲良くなった、何々先生の理科がよかった……と短い間に堰《せき》を切ったように話が出てくる。合宿に来てから彼らと話す時間を持てていなかったことを反省する。

「水田先生の国語がおもしろかった」

「そいつはよかった。絶賛してたって伝えておくよ」

「絶賛かぁ……。そこまでは」

と大人の批評家みたいな口を利く。そばにいた別の教場の生徒が、「曽谷先生は水田先生と仲いいの？」と訊くので、「いいよ」と答えておく。

「どの先生とも仲はいい。きみたちの情報も筒抜けだぞ」

食堂に入ると、入り口のところにめぐみがいた。

「松川くんは、ずいぶん緊張しているみたいですよ」

視線の先を見ると、Nクラスのグループが決まって座る食堂奥の窓際の席に松川はいた。昼食担当の教員が、午後の注意をするのを聞こうとしているが、強張った面持ちであまり耳に入っていない。落ち着きなく顔をこすっている。

「メンタル弱いからなぁ」

曽谷がいうと、

「繊細っていってあげてください」

とめぐみ。

テストは一時にスタートした。

採点用に用意された一室に国語の教員が集まり、採点基準を参照しながら生徒の書く記述解答を想定し、この場合は△、これは減点で、と話し合い決めておく。

一時五十分に国語が終了。クラスごとにクリップ綴じした答案用紙が運び込まれて来る。採点開始。しゃっ、と採点ペンが丸を点ける音がし始める。「ここなんですが」と解答の是非を問うひそめた声が聞こえる。お、なかなかいい答えを書いている、と感心することもあれば、こんな漢字でミスるか、と落胆もする。具体的にこうだといえないちょっとした字の特徴で、これは北沢教場の誰、これは二岡教場のあいつ、と思い名前を見るとたいてい当たっている。

しばらくすると一クラス分の採点を終えた教員が席を立ち、ひと息入れに廊下に出て行く気配があった。誰かが、ふあーっと欠伸をもらし、他の教員に「気が散ります」と咎められる場面もあった。

クリップ綴じした束をひとつ片づけ、曽谷は別テーブルに置いていたペットボトルを手に取り口をつけた。クーラーから噴き出す冷たい風で身体がひどく渇いていた。

遠くでざわつく気配があり、二時間目の算数が終了したことを知った。俯いて採点していた教員が、ポンポンと肩を叩きながら顔を上げ、時計に目を遣る。

採点の終わった算数や理科の教員の手も借り、社会の終了間際に全答案の丸点《つ》けが終わった。ミスを防ぐために採点はもう一巡。さらに転記前にもう一度、算数教員に手伝ってもらい点数を確認する。

「夕食の時間ですよー。生徒も集まり始めてますので、先生方も」とめぐみが呼びにきたときは、採点業務の七割ほどが終わっていた。

食堂に行くと誰もがすっきりとした表情、とはいかず、どよんとした暗い顔や、疲れきった表情をしている。ごく少数、いつもと変わらない生徒もいるが、気の抜けた顔も少なくない。

またしてもプリンを高く掲げ奇声を発した生徒が、今度は野脇にではなく年配の女性教員に叱られた。誰も笑わなかった朝と違って、今度はみんながどっと沸いた。何々教場の恥だからやめてよー、と嘆く女子の声もした。

ふと気付くと松川の姿がない。トイレかな、と思っていると「先生」とめぐみが呼びに来る。派遣で同行している看護師の女性がいっしょだ。

「松川ですか」

「お腹、下してるみたいなんですけど、熱もちょっとあるみたい」

判りました、と答え、看護師の女性と医務室へ向かう。

医務室に充てているのは棟の端の部屋で、タオルにくるんだ解熱シートを額に当てた松川は三つ並んだ簡易ベッドの右端で横になっていた。残りの二つは空いている。

「寝てるか」

呼び掛けると、「先生」と弱々しい声が返ってきた。

「何だ、大丈夫か」

「うん」

声の調子は、少しも大丈夫そうではない。

「テスト終わってからか?」

シーツを口元まで引き上げ、充血した目を潤ませて松川は頷いた。

「フルパワーで解いて、全部出しきっちゃったかな」

答えはない。「昨夜遅かったんだろう。部屋に帰ってからはちゃんと寝たか」

「……うん」

看護師の女性に手渡された検温表を見ると、熱は三十七度六分。

「何だよ。やりきったんならいいだろ。悲しい顔すんなって。あとは寝て、結果を待てばいい」

果報は寝て待てというだろ、と軽口を叩けば安心して少しは笑うかと思ったが、覗かせた顔の上半分に悲痛な表情を浮かべ、僕、といった。

「僕、やっぱりかなわないよ」

「何が」

「宮井くんとか。岡部くんに」

「なんで」

返事はなく、もぞもぞとシーツのなかで二、三度身じろぎする。

「……宮井くんだって遅くまで自習して、今日も全力で受けてるのに。終わってからもフツーなんだもん」

「まあ、テスト受ける度に熱、出すやつの方がめずらしいけどな」

うっと、と呻いて目頭を潤ませたので、いやいや、と慌てて取りなした。

「それだけ祥佑が真剣にやったってことだろ」松川、ではなく曽谷はごく自然に、下の名前で呼んでいた。赤く火照《ほて》った顔の松川も、気にした素振りは見せなかった。

「あいつらだって、疲れきってるよ。慣れの問題だ」

「慣れ?」

「気持ちかな?」

天井をぼんやりと見上げて、「本当に、でも違うんだよね」と松川はいった。

「何が?」

「宮井くんがスゴいのは判ってたけど、岡部くんはもっと。他にもNクラスの人たち」

そりゃそうだろ、といって、「きみもNクラスじゃないか」

「そうなんだけど」

「他のやつから見れば祥佑だってスゴいよ」

「そうかなぁ」というので、そうさ、と答える。

でも、と松川はいったが、それに続く言葉はなかった。

「食欲は？」「あんまり」「昨夜、本当に寝られた？」「結構」それならよかった、と立ち去ろうとした背中に、「先生」と松川が呼び掛ける。

「何？」

「僕、瀧大附属——」

それに続く言葉は聞こえなかった。口元はシーツの下にあり、目はいつもと違って真っ赤なので気持ちが読めない。しばらく待った。何か伝えようとしていることだけは判る。

「受けなくていいよ」

松川の言葉を待たず、曽谷はいった。何をいまさら。

「ママと、話してくれたんでしょ」

「聞いたか」

「先生が、実力があるんだから信じろっていってたって」

「祥佑には実力があるから、お母さん、信じてあげてください、って意味な」

子どもに限らず他人の言葉足らずを補足し、いい直すのは曽谷のクセなのだと、度々めぐみに指摘されている。

「きみには、実力があるんだ」

そうかなぁ、とは今度はいわなかった。

「だがな、跳べる力があっても、跳ぼうと思わないと跳べない」

「うん」

「前にいっただろう。大事なのは意志さ」

たとえ絵画コンクールに入選することがなくても。真面目に練習に取り組みながら、試合に出られず、他人にバスケットボールシューズを貸すことになっても。

そうしてまだ十二歳になるかならずのうちに、この男子は、いろんなことを飲み込んできたのだ。悲しいとか、口惜しいとか。性格を考えれば、それを吐き出してもいまい。もともとは何でもやりたがる子でした、という母親の言葉を思い出し、従兄に憧れる無邪気な、もっと幼かった頃の松川祥佑の姿に思いを馳《は》せる。

「このままでいいのか」

思わず、口にしていた。

だが、迷いもある。この先どうなるか、なぜ人には未来が判らないのだろう。

絶対だと思われた入試で失敗した子どもがいる。大丈夫だと母親に信じてもらうことが出来なかった教員がいる。何が足りないのか。答えのないことが世界には多過ぎるのだが、それにはまだ耐えられる。納得がいかないのは、理由のないことが多過ぎることだ。なぜカトウキワムが落ちたのか。母親は、なぜ自分たちの指導よりも大手塾を選んだのか。

なぜ松川祥佑の母親は、息子を信じてやれないのか。

子どもを想う気持ちからだ、と思い、その心配や気遣いが子どもの意欲を奪っている、と思うとやるせない。その二人の間で自分はいったい何をしているのか。

傷つく姿を見ていられない、という気持ちは判る。

でも誰かが背中を押さなければならないのなら、それは自分の仕事ではないか、と曽谷は思った。

「このままでいいのか」もう一度、その言葉を口にした。

「僕、瀧大附属……」

シーツの下で松川の口唇が動き、「本当は受けたくない」という。

「誰が祥佑に瀧大、受けろっていったよ」

「ママが」

「お母さんが祥佑に、清明は難しいから瀧大にしろって?」

「うん」

「受けるのはきみだろう。ママじゃない」

曽谷を見た松川の目が、気恥ずかしげに逸れて天井を見上げた。また曽谷の顔に戻り、

「清明、受けたい」

「受けたいだけか」

「行きたい」

「行きたいだけじゃ通らねぇよ。そんな生半可な気持ちじゃ負ける」

怯《ひる》んでまた目を潤ませ――はしなかった。

「ママが反対するなら先生が説得してやる」

自分の身体のどこかでカチリと音がして、スイッチが入ったのが判った。得体の知れない何かが込み上げ、胸を満たす。

「勇気を出して挑めよ。それだけの価値がある。きみには、挑む権利も資格もある。受けろ。受けて、合格して来い」

返事はなかった。額にタオルをのせたまま頷き、くしゃくしゃに顔を歪《ゆが》めて松川は笑っていた。赤い目を潤ませ、泣いていた。


看護師の女性にあとを任せ、教務室にもどると集計は終わっていた。教員たちは風呂当番や最終の授業に行くところで、曽谷も急いで次の持ち場へ向かう。

就寝準備の巡回が始まっても、口にする余裕や気力がないのか、誰もテストの結果を教えてくれない。薄いスリッパがたてる足音を殺し、廊下を巡回しながら、北沢の生徒はどうだったかと考えた。二岡の生徒は。合宿で受け持った他教場の生徒たちも。

翌朝、パーティションを外した広い空間に入って行くと、開校式を行った三日前と違い、前方の壁に大きな白いスクリーンが掛けられていた。その前で野脇たちが打ち合わせしている。

定刻になり、生徒を集合させると閉校式が始まった。三角座りした数百人の受験生の前で、野脇が合宿生活について講評を述べた。例年より体調不良者が少なかった。食事時も入浴もスムーズに行動してくれた。多くの人がトラブルなく過ごせたのはみんなが他の人のことを思いやる気持ちを持ってくれたからだ。「教場に帰ってもその気持ちを忘れないでください」と締めた。

「それでは合宿テストの表彰式を始めます」

進行役の教員が宣言し、始まった。

「まずは、四教科優秀賞の発表から」

パワーポイントの映像がスクリーンに映し出される。

最初に「五位、四百七点」と文字が表れ「希望が丘教場」と出た途端に喚声が上がった。その教場の生徒が座るあたりで誰かの名前が叫ばれ、連呼に変わる。進行役の教員が生徒名を告げると、活発そうな見た目の女子が仲間の輪の中でガッツポーズをして見せた。近くにいた仲間が、「やったね！」と口々に祝福の言葉を掛ける。

四位、三位と教場と生徒名が告げられる度、同様の光景が会場のどこかで起こった。

曽谷は会場の後方に立ち、北沢教場の生徒が座っているあたりに目をむけていた。宮井の後ろ姿が見える。間に一列はさんで、塚ノ台教場の生徒が座っている。

三位の生徒の名が呼ばれたとき、塚ノ台の列にいた岡部が宮井の方を一瞬だけ見た。宮井は気付かない。

総合成績で松川に分がある、というのはあくまでバランスの良さに焦点を当てた話で、残る一位と二位で北沢の誰かが名を呼ばれるとすれば、それは宮井だと誰もが思っていた。夏期講習に入る前から、宮井がもう自分たちとは違う次元で戦っていることを多くの生徒は知っていた。

「いよいよ二位です」

文字が浮かび上がる。

「四百十九点」

スクリーンに「北沢教場」と文字が浮かび上がり、その瞬間、会場中がうわーんと響きを上げた。生徒名は出ていないが、いつもなら負けん気を隠すことのない戸畑由奈や上村栞でさえ、もう宮井の方を見て笑っていた。「宮井弘人」の名前が映し出され、進行の教員が気取った口調でその名を告げると、生徒たちはわっと宮井の方へ押し寄せた。賞賛する仲間の輪のなかでもみくちゃにされる宮井の背中は、力強い波に押され翻弄される小さなヨットのように曽谷には見えた。

その一方で、また別の歓喜の声も上がる。北沢教場の生徒たちの列から一列置いた塚ノ台教場の生徒たちで、二位の生徒が決まったことで、自ずと自分たちの教場の仲間が一位になったことを知ったのだ。

入試に絶対はない。何が起こるか最後まで判らない。

そう胸のなかでつぶやきながらも、曽谷は会場前方に並ぶ教員のなかに下条の姿を探した。下条はいつもと変わらぬ穏やかな顔をして佇んでいた。喜びも、浮かれた様子もその表情に見つけることは出来ない。

「ではいよいよ今年度夏期合宿の一位。総合最優秀の生徒を発表します。——得点四百二十二点」

算数、国語が百二十点、理科、社会が百点で合計は四百四十点。四百二十二点という得点は素晴らしい。ひときわ大きな声が起こるなかで、だが曽谷は別のことを考えている。

その差、三点。

口唇を噛んだ。宮井の得点と一位のその差は僅か三点。

国語は漢字が一問二点、文章問題が主に三点の配点で、もし文章問題をあと一問でも正解していれば、宮井はその得点に並んだ筈だ。

あとひとつ——。取れる指導を自分がしていれば。

「塚ノ台教場、岡部聡」

名前が告げられると、まず先に塚ノ台の生徒が弾かれたように立ち上がり、それから一歩遅れて、周りにできた輪に引っ張り上げられるようにして岡部はゆっくりと立ち上がった。照れた表情も遠慮した素振りもなく。

「岡部くん、おめでとう」

そう告げた教員の声の昂《たかぶ》りに、マイクがハウリングを起こしキーンと鳴った。だが誰も耳を塞ぎはせず、興奮した様子で拍手し続けている。

宮井も、岡部を見上げて手を叩いていた。その横顔に悔しさも後悔も見つけることは出来なかった。

「岡部くん、前へ」

促されて岡部が会場の前に進み出る。

進行の教員からマイクを渡された野脇が、五位の生徒から宮井までの得点と内容に触れ、今回は全体的にレベルが高く熾烈《しれつ》な充実した争いになった、といった。

「そのなかを勝ち抜いた岡部くんは本当に素晴らしい」

と賞賛し、これまでの最優秀生徒同様、入試でも立派な結果を示してください、と期待に満ちた声でエールを送る。その間、岡部は毅然と野脇の顔をまっすぐに見続けていた。

賞状を受け取り、会場全体にむけて軽やかにガッツポーズをして見せた岡部は、退場の際に前方の下条を見つけた。子どもらしい爽やかな、はにかんだ笑顔を岡部はそのときだけ見せた。下条がそれに無言で応える。

「教科賞の発表に移ります」と進行の教員が告げた。

スクリーンに「算数賞」の文字が出る。

算数科の主任教員がマイクを持ち、テスト内容を説明し、今年は満点が四人いました、といった。算数で満点が出るのは例年のことで、上位をNクラスの生徒が占めるのも毎年のことなのだ、と。岡部と宮井、総合で五位に入った希望が丘の女子、それからもうひとり男子が前に出て賞状を受け取る。岡部とその男子は嬉しそうな表情を浮かべ、勝気な性格らしい希望が丘の女子は、悔しさの混じった笑顔を岡部に向けた。

宮井は緊張しているようだった。

「続いて国語賞の発表です」

国語主任が前に出てマイクを受け取り、テスト内容について語る。教科の性質上、満点が出ることは算数と違ってほぼない。

北沢教場の生徒を眺めながら、彼らのなかに生じた新たな期待を曽谷は感じた。

五位から順々にスクリーンに映し出されていく。

四位の名前が出たところで、天然パーマの男子が、よっしゃ！　と自分のことのように声を上げ、トモダが高い声で何事か叫んだ。それが北沢の生徒全体の歓声に変わり、あっという間に押し寄せた彼らに松川祥佑は囲まれた。

「四位　北沢教場　松川祥佑　百点」

当の本人はただ呆然としている。振り返った宮井がグーをつくった手を突き出しても、松川はすぐに上手く返せなかった。慌ててグーを返す姿に宮井がケラケラと笑う。そういうところだぞ、祥佑、と曽谷は思った。戸畑由奈が、ぱつん！　と松川の背中を叩く。

二位の生徒の名前が出る。

岡部聡。得点百八点――。

「続いて、一位は」

宮井はまだ後ろをむいて松川に話し掛けていた。

国語一位の生徒の名前がスクリーンに映し出されたとき、驚きの声を最初に上げたのは松川だった。それから北沢の生徒が口々に何かを叫び、あの戸畑由奈でさえ立ち上がりかけた。

なにごとか、といった様子でようやく宮井が前方へ目をむける。

「北沢教場」と文字が浮かび、真っ白な画面に名前が表れた。

宮井弘人　得点百十一点。

歓声と拍手が起こった。

「宮ちゃん、やったね！」という松川の声が聞こえた。

宮井は腕をつかまれ、興奮した様子の仲間に声を掛けられていた。誰もが背中をポン、と叩き、突き出されたグーに、今度は宮井が戸惑っていた。だが総合二位でもみくちゃにされていたときと違い、今度は翻弄されているようには見えなかった。

曽谷は目に焼き付けるように、スクリーンに映し出された宮井の名前と得点を見つめた。

岡部よりも三点、得点が高かった――。

「すげぇ」「やったな、宮ちゃん」と声を掛けられながら、宮井は二度、三度と首を巡らし周りを見回している。自分が探されているのだとは思わなかった。だが、やがて宮井は後方の曽谷に気付き、目が合った。

口唇を震わせて宮井は何かをつぶやいた。先生、——といっているように曽谷には思えた。

「北沢教場、宮井弘人。はやく前に」

スクリーン前の国語主任に呼ばれ、ようやく宮井は立ち上がると、仲間に押されるように前へ出ていった。三角座りをした仲間たちの間を進みながら、何度も宮井は曽谷の方を振り返った。

岡部が拍手を送っている。

表彰式が終わり会場の会議室を出ると、施設の表に何台もの大型バスが入って並んでいた。ボディ横の開いた大きなトランクの前に制服姿の運転手たちが立ち、話しているのがロビーから見えた。

旅行用のバッグを抱えて曽谷は教務室に入っていく。

帰りのバスは遠方の教場から先に出発することになっている。いくつかの教場の生徒は、すぐに玄関前に集合、との指示を会議室を出る際で野脇から与えられていた。北沢教場の生徒が集合するまでにはまだ時間がある。しばらく部屋で待機、リラックスしてていい、と伝えてあった。

四日間の合宿の最後の大きなイベントである表彰式と閉校式が終わっても、まだ教員には仕事があった。残ったプリントの始末や、本部へ持って帰るものと廃棄するものとの区別、ボードに貼ったさまざまな指示書きを剝がすこと、各教室と生徒部屋の忘れ物の確認、と最後まで慌ただしい。

バッグと教材を詰めた紙袋を教務室の片隅に置き、水田や他の教員たちといっしょに曽谷は二階に上がり教室だった部屋を見て回る。

昨日まで多くの生徒たちがいて、朝から晩まで授業をする教員の声が聞こえていた施設が今は静かで、別の場所、違う建物を訪れている気がする。

最初に覗いた部屋に忘れ物の類はなかったが、テーブルの上に座席表が貼ったままになっていた。テープが残らないように丁寧に剝がし、丸めてポケットに入れる。机から出たままになっているイスを置き直し、隣の部屋に向かった。

入って行くと、下条がいた。

「ここはもう見たよ」と、小鳥だかペンギンだかの丸っこいモフモフとしたキーホルダーだろうか、マスコットを指先に引っ掛けて下条がいった。

「可哀想に。置いて行かれるところだった」

「生徒のですか」

「だろう。連れて帰ってやろう」

閉校式後に見つかった忘れ物は、後日画像で共有掲示板にアップし持ち主を探すことになっている。

「宮井くん、よかったね」

下条がいった。

「いえ。岡部くんこそ、さすがです」

「三点差だったなぁ。危なかった」と笑った。

「四教科の最優秀を逃し、宮井くんは口惜しがっていたかい」

「いえ。まだ本人とは話せてませんが、安心半分、口惜しさ半分ってとこじゃないでしょうか」

「安心?」

「あの岡部聡に肉薄する戦いが出来た、と。自信もついたんじゃないかと思うんですが。……想像ですよ」

そうか、と下条は穏やかに答えると、微かな笑みを頬に浮かべ、

「岡部の方はきっと逆に引き締まったと思うんだ。言葉にこそ出さないが、もしかしたら自分は負けていたかもしれない。実際に国語は宮井くんにかなわなかった訳だし。自分はまだまだだ、と自覚してくれたならありがたい」

下条は視線を床に落とした。足元をしっかり見ろ、とでもいうように。

さすがですね、と曽谷は思いながら口に出すのは慎んだ。岡部と彼を指導する下条を、あっさりと認めたくない気持ちが生まれている。宮井不在のところで自分たちの負けを認めるわけにはは

いかないという、これまで感じたことのない新たな気持ちだった。驚きながら、曽谷は何か新鮮なものを感じていた。

岡部と下条。宮井と、自分。教員と生徒はチームだ。

「ところで」

下条は何かをいい掛け、そこでまた口を閉じた。一度いい掛けた言葉に迷いを覚えるというのは、およそ下条らしくない気がしたが、様子から思い付くことが曽谷にはあった。

「葉村先生のことですか」

入浴監督をしていた一昨日の夜から、もしやと思っていた。

訊ねると、下条は否定も肯定もせず、

「曽谷先生、療育って判る？」

「リョウイク、ですか」

「そう。治療教育。それを行う施設が、放課後等デイサービスと呼ばれている障がい福祉の支援施設」

「いえ、それほど詳しくは」

わたしも葉村先生から聞いて知ったことなんだけど、と下条は前置きして、

「曽谷先生が子どもの頃と比べて、そういった子どもは増えていると思う？　体感でいいんだけど」

そう曽谷に訊ねた。

「確かに、そうですね」

「発達障害の可能性がある子どもは現在では全国の児童のうちで十パーセント、明らかに診断でそうだと認められる子どもは六パーセントだそうだ」

「そんなに」

「まあ、以前よりも診断を受けさせる親が増えたことと、隠したりせずサポートを求める方がいい状況に社会が変わってきたからだ、と葉村先生はいっていたな」

発達障害と一口にいうが、『知的障害』『身体障害』『重度心身障害』と子どもたちの抱える障がいはさまざまだ。そういった何らかの障がいを抱えた子どもたちを支援する事業所は全国で二万ヶ所。運営するのは福祉法人や企業、ＮＰＯ等で年々増えてはいるが追いついていない。

「葉村先生は、塾を辞めてそちらに行かれたのですか」

と問うと、下条は頷いた。

「葉村先生が転職する施設には、小学校低学年から中学生くらいまでの子どもが来るそうだ。学校が終わってから来る子も、不登校で午前中からやって来ている子もいる。それぞれの障がい特性や発達状況を見て、将来的な自立を目指しひとりずつ違った学習プログラムを組むんだと」

「ひとりずつ、ですか」

施設や人が足りないのも道理だよね、と下条。曽谷の口から出たのは、「集団塾とは真逆ですね」という凡庸《ぼんよう》な感想だけで、思いもよらないことにただ驚いていた。

葉村ほどの塾教員が、なぜ、と考えるのは、塾教員寄りの主観的な見方だという自覚は曽谷にもある。仕事の優劣や優先度ではなく、自分はただ葉村の塾教員としての技量の素晴らしさとその適性を思っているだけだ、と言い訳しながらも、自分は葉村という人のことを本当は何も判っていなかったのでは、と思い至った。

「葉村先生は、そういったお仕事を元から志していらっしゃったんでしょうか」

そう問うと、下条は少しだけ意地悪さの潜む笑みを口元に浮かべ、

「勿体ないと思うよね」

「あ、いえ……」

「わたしも最初聞いたときは、曽谷先生と同じように考えたよ。本当のところ、そこまでは聞いていない。わたしも葉村先生に、『辞めた後どうするんですか』と訊ねて、教えてもらっただけだから」

一昨日の夜に訊かれて答えなかったのは、水田先生に聞かせたくなかったとかではないので、と下条はいった。

「葉村先生はほとんど誰にも、このことをおっしゃってなかった。なので、わたしが勝手に話していいかどうか、すぐに判断しかねて黙っていたんだが」

では、なぜいま自分に？　と訊ねるよりも先に下条が続けていった。

「曽谷先生はこれまで大きな決断や選択を迫られたことはあるかい」

「決断ですか」

「そう。これまでの人生でも何かを決めたり選んだりしなければならないことはあっただろう。清明を受ける、という選択は自分でしたの?」

「それは……。なんとなく成績で、でした」

松川祥佑のことを思った。自分は、松川ほど強く望んで、意志を持って清明を受験したわけではない。

「就職はどう。塾の教員になるというのは一大決心ではなかった?」

そう問われて言葉に詰まる。塾で指導したい、というのはあのケーキ屋の二階の小さな塾で指導していたときに、自然な流れで考えただけだ。思い付きと変わらない。もし選択というのなら、そこに居続けることを拒否し、教研ゼミナールを選んだことだろう。ブランドに目が眩み、大手塾を自分の向かう先として。

「ここを」いい澱みながらも曽谷は、打ち明けることにした。

「教研ゼミナールを選んだことが選択でしょうか」

「それは正しかったのかな?」

穏やかな下条の言葉が胸に刺さる。何かを、この確かな指導の腕を持つ算数教員が知っている訳ではないにしても。

「判りません」

正しかったというべきだろうか、と躊躇していると、不意に下条は朗らかな笑みを浮かべて、

「判らないよね。そういうことは、神様でもないと」

すべて結果論だ、という。

「葉村先生がなぜ教研ゼミナールに来たのか、なぜあれだけ優れた適性を持ちながら、辞めて違う仕事を選ぶのか。すべて葉村先生の選択であって、他人にはその理由もその先の結果も判らない。いや、その結果は葉村先生ご自身にも判らないし、あるいはそうして選ぶ理由でさえ本人も判っていないかもしれない。そうは思わないかい」

「……そうですね」

自分のことに気付かされてみれば、そのとおりだ。他人の選択にとやかくいうことは出来ても、自分がしてきたことには何一つはっきりいえることがない。反省や後悔はあれ、同じ轍を踏まないとはいえない。きっとまたいつか自分は過ちを犯す。過ちかどうか判らないことも起きるだろう。

「これは仮定だけれど、塾教員になる以前から、葉村先生は発達障害の子どもたちに関わる仕事を志望していたかもしれない。塾で勤めてから、その仕事が人から求められていると知り、自分も力になりたいと思ったのかもしれない。もしかすると、自分は塾の教員に向いていないと思われた可能性だって」

まさか、といい掛けて口を噤んだ。

そうだ、選択が正しいか否かなど誰にも判る訳がない。意を得たとばかりの表情を下条は浮かべている。

階段の側から、「～教場、バスに乗る準備をしてください」と呼ぶ女性教員の声が聞こえた。部屋のある方から生徒たちの声が、はーい、と上がる。

「何を選ぶのが正解なのかは誰にも判らない。他人から見れば正解だと思われることでも、本人にとっては違うこともある。その逆も」

「判ります」

「葉村先生が教研ゼミナールを去るという判断は、わたし個人としてもショックだし、すぐには納得出来なかった。でもそれは葉村先生ご自身の決断だし、意志だよ」

——大事なのは意志さ。

階段をバタバタと下りていく生徒たちの気配があり、部屋の外がにぎやかになる。

「ありがとうございました。教えてくださって」

「彼がいなくなったのは教研ゼミナールにとって大きな損失だった。だがそれを残った教員たちで埋めていかなければならない。残された者もまた、意志を持って生徒たちを指導していかないとね」

よろしく頼むよ、と下条はいった。

階段の方から、「次、塚ノ台教場、バスに乗る準備してくださーい。下条先生」と呼ぶ声が聞こえる。

「行きましょうか」と声を掛けた曽谷に、でもね、と部屋を出ながら下条は、

「少なくとも、曽谷先生が教研ゼミナールに来て、正しかったと思っている人はいる」

「？」

「よかった、かな」

誰ですか、と曽谷が訊ねる前に、

「北沢教場の生徒たちはそう思ってるんじゃないの。宮井くんや松川くんだけでなく」

「………」

「葉村先生が離れることになって、北沢教場はどうなるんだろうと多くの人が思った。正直わたしも、野脇課長も。砂生先生だって才木教場長だって。そうだろう？　でも、いちばん困るのは生徒だ。優秀な教員が教場を去ったことで、生徒のモチベーションが下がりクラス全体が崩壊するのは、ないことじゃない。指導の腕と関係なくても」

あらためて具体的に言葉に出していわれると、今更ながらぞっとした。

「でもそうはならなかった。今回の合宿で北沢教場の彼らを見て、みんな、選択に間違いなかった、よかったと思っている。後任に曽谷先生を入れる選択は正しかったと」

「そうでしょうか……」

「表彰式で仲間の名前が出たときの彼らの様子を見れば判るよ。——あれは、まっすぐにここまでやってきた顔だった。導いたのは、きみだろう。曽谷先生」

これからも彼らを導いてやって、受験勉強に打ち込む日々に意味を与えてやってほしい、と下条にいわれた。

下条の言葉をどれだけ真に受けていいものか、と照れくささを覚えながらも、身の引き締まる思いがすぐにやって来る。

「ここから入試まで、あっという間だ」

といって、下条が階段を下りて行く。

戸畑由奈と曽谷

クリスマスの前日より冬期講習が始まり、年末年始は入試特訓。年が明けて講習が終わると、今年は二週間で中学入試がやって来る。

いよいよ明日が入試本番というその前日、北沢教場では授業をはやく切り上げた。一コマめを終えて六年生全員を一教室に集めると、最後の注意と激励を贈る。

誰もが興奮と緊張の面持ち、かと思いきや、ほとんどの生徒がいつもと変わらぬ様子で、硬さも不安もない。

最初にめぐみが話した。

「あなたたち、やるだけやってここまできたんでしょ。初めて教場に来たときは、右も左も判らないで、みんな心配そうな顔をしてたのに。ササキくんはそうでもなかったっけ。アサイさんもかな。自信満々にエラそうな態度で来た人もいたけど。いざやり出すと全然解けなくて半泣きだったの、覚えてるわよ」

いつもどおりに生徒にフレンドリーだ。

「それがいまはどうよ。ちゃんと解けるようになって。面積も速さも」

お父さんが二百五十歳だったっけ？　と誰かを茶化す。

こういうときはこう、ここに線を引いて、こうなったらあれ使って、と解き方のコツを並べ、「忘れたらだめよ」と念押しすると、「はい！」と勢いのある声が返って来た。

社会と理科の担当教員はこの日は別の教場で授業をしている。

「教場長、お願いします」

曽谷に促され、才木がホワイトボードの前に出る。

「今日ここまでやって来られたのは、きみたちのお父さん、お母さんの応援があったからだ」

とよく通る声で才木はいった。

「夏の暑い中も冬の寒い中も、お迎えに来てきみたちを待っててくれただろう？　お弁当を毎日じゃないかもしれないけど作ってもらったり、おにぎりを買って持って来てもらったりしたことだって十分ありがたいことだよな。だから明日受けに行けることを感謝しないと。その感謝の気持ちをいちばん伝えられるのは、きみたちがどうすることさ」

合格！　と生徒が返す。

「だから明日は、必ず受かっておいで。それが自分のためでもあり、応援してくれた人たちのためでもあるんだから」

いいな、といって才木は退いた。スピーチを終え隣に戻って来た才木に曽谷は、「いい訓示でした。ありがとうございます」といった。

「自分の教場の生徒だ。全員に受かってもらわないとな。最後はきみが話すんだろう。締めてやれ」

「判りました」

解説を聞いては神妙な顔になり、ときに叱られては不貞腐れていた生徒の前に、こうしてあらためて立つと、今日で終わりだ、という感慨が胸に迫って来た。生徒の方も同じ気持ちでいるのか集中して耳を傾けているものが大半、と思いきや、見るとニヤニヤしている。笑いを抑えて変な表情を浮かべている。

「何、笑ってるんだ。受験生たち」

堪えていた男子連中が、まず噴き出した。

「判ってんのか。明日が受験だぞ」

たまりかねて女子生徒も失笑する。

「自分なりにちゃんと工夫をしたものには、正しい評価が下される。自信をもって受けて来ればいい。自分が合格するに相応しいか、そうでないかは自分がいちばんよく判っている。まぐれの合格はない」

理想を持てよ、と曽谷はいった。

「理想を持って突き進め、といっても、もうあとは受けるだけなんだけど」

窓際に立っていた宮井や松川たちが笑った。

「これから先もな。あきらめたら後ろに流されていく。そんな人生はつまらない。自分がどこへ向かいたいのかを決め、そして明日は」

受けると決めたんだ、必ず受かってこい、と生徒たちに向けていった。

「でなければ一生後悔する。試しに受けておく、記念受験、もしかしたら受かるかも、なんてことは絶対に」

といったところで、いつも調子に乗って叱られていた生徒たちが、「なーい！」と合わせて声を上げ、「そのとおり」と曽谷はいった。

「あまくみるなよ。でも臆することはない。挑まなければ始まらない。始めた限りは結果を出すんだ」

生徒たちの顔をひとりずつ見ながら、いった。

「挑む権利も資格もきみたちにはある。傷つくことを恐れるな。難しそうに思えても、誰か一人くらいは必ず解いて答えを出す。それなら、きみたち自身が解いたってかまわない。その答えの一つ一つの積み重ねが合格点に届き、きみたちの未来を作るんだ。おれは、わたしは、これだけやって来たのだと明日は証明して来い」

入試のその夜に、合否発表をする学校がある。Ｂ１の女子が受けた学校の発表は夜の八時。八時二十分に教場に電話が掛かってきた。

「なかなかインターネットが繋がらなくて。やっと見られた」

土壇場にきて合否より発表が見られるかどうかで気を揉んだ、と女子は弾んだ声でいった。不合格だったときのことも考え、翌日も別の女子校に出願している。

「明日、どうする？」

と訊ねると、「うーん」といいながらも、「受けに行って来る。出したところは全部受けなさいってめぐみ先生もいってたし。ママも」というので、「おれもいったぞ」と曽谷はいい、「全部合格して来いよ」とエールを送った。

中学生の授業中だったが才木に報告した。「今年の合格第一号か。幸先いいぞ」と才木。「やりましたね」と高校受験課の教員にいわれ、「これからです」と返した声が明るいのが自分でも判る。

宮井の紡城中は二日に亘って入試が行われる。初日、清明を受けた松川は、明日は瀧大附属の二次を受けに行く。母親との話し合いのなかで決まった折衷案だ。

「明日も朝、はやいんだろう」

才木に促され、早々に教場を退室した。

翌朝は、教研ゼミナールのロゴ入り腕章、生徒に渡す簡易カイロをビジネストートに入れ、常泉第一女子中学校の後期試験応援に向かう。受験生の多い学校は応援隊が組まれる。常泉一女の応援隊長は合宿にも来ていた年配の女性教員で、小旗などの応援ツールを誰が持参するかの指示は、数日前にメールで届いていた。

北沢教場からは、前日に前期試験を受けた生徒も含め四人が受けに行く。

応援後には、十時からの掲示発表を見に次の学校へ移動する。道中、スマートフォンに生徒や保護者からの連絡が次々と入り、中学受験課のグループＬＩＮＥには合否の知らせがいくつも上がっている。

去年、その作業を本部でしていたことを思い出した。

市の中心部にある男子校に到着し発表を待っていると、校庭の外れに、上質な緋色の目立つコートを着た人物がいる。古参のあのベテラン教員だった。近づいて行き挨拶する。

「昨日、宮井くんだっけ。いい顔で来てたよ」

紡城中の初日は例年、古参教員が応援に行っていた。

「よかったです。ありがとうございます」

「上手く行くといいね」

マンガのスピーチバルーンのように吐いた息が白く曇る。入試初日の昨日は快晴で暖かだったが、今日はどんよりと厚い灰色の雲が空を覆っている。予報では、午後には雨か雪が降るという。

「今年は、先生どう思われます」

「昨年より受験者は微減っていうけど、紡城だからなぁ。関係ないよね」

学校前で集合して教員の激励を受けたあと、岡部くんといっしょに校舎に入って行ったよ、と教えてくれる。発表は明日の午後だ。

「楽しみにしてるよ」

各教場の合否や現時点で把握している入試問題の情報を交換していると、

「そういえば、先生のところから星蹊、受けた生徒はいた？」

と重い口調で訊かれた。

「いますが。何か？」と問うと、

「受けた子が持って来た問題用紙を見たけど、傾向がずいぶん変わってたね」

「回収じゃなかったんですか」

「そう」足元に視線を落とし頷く。

「全体的に易化していたなぁ。国語は記述が増えていたけど」

「公立中高一貫校を意識してですか」

「かもなぁ」

問題の易化は少しも喜べなかった。受験者平均が上がれば合格ラインも上がる。手応えを感じていたのに、蓋を開けてみれば高得点勝負で、残念な結果に終わることもある。得意科目が易しくなると、他の受験生との差をつけるのが難しい。

「発表は、ここと同じ時間でしたよね」

「そう、十時。ちょうどいまからだね」

発表に行っている教員からの報告を待つしかない。

北沢教場から受けているのは、戸畑由奈だ。国語は得意で、大きな得点源になっている。学校が問題傾向を変える場合、事前の説明会で匂わすことも多いが、絶対ではない。迂闊だった。戸畑由奈から星蹊中学校を受けると聞いて、宮井や松川に対するような、あるいは成績的に苦しいB1クラスの生徒に対するような、注意を自分は払っていただろうか。彼女に声掛けをしていただろうか。

ただ成績やこれまでの入試傾向を見て、大丈夫だと慢心していなかったか。

曽谷は歯嚙みした。絶対はないと知っていたのに。

いや、それでも戸畑由奈なら間違いはない、と自分にいい聞かせる。

その男子校の発表の場で何組か教研ゼミナールの他教場に通う生徒と保護者に会った。合格した生徒には「おめでとう」をいい、不合格だった生徒の保護者には、今日、明日の入試の計画を訊ねた。不合格になった生徒は五名いたが、これからの行先が決まっていないケースはなく、実際五名ともが第二志望の学校をこの時間に受験し、発表の場に姿を見せていなかった。

「清明の発表もそろそろだね」

「そうです。十時です」

という会話をベテラン教員と交わし、男子校の校門を出たところで別れた。

北沢教場に向かうために少し先の地下鉄駅へと歩き出す。

交差点で立ち止まり、赤信号が変わるのを待っているとスマートフォンが震えた。ＬＩＮＥを受信したマークが点いている。戸畑のことを考えながら開くと、中学受験課のグループに「清明学院合否」と書かれた連絡が入っていた。

開く。

受験者二十四名中／合格者十八名。合格者の氏名も書かれている。

松川祥佑――。受かっていた。

しばらくすれば、母親か祥佑が知らせてくるだろう。

信号が変わる。

閉じかけたスマートフォンの画面に新たにＬＩＮＥが届き、足を止めた。

「星蹊中学校合否」。受験者三十一名／合格者十七名。

野脇の予想より少ない。嫌な予感に、背中が冷たくなる。

いましがた別れたばかりの古参教員の言葉を思い出した。

届いたＬＩＮＥの文面のなかに戸畑の番号を探した。ない。合格者のなかに彼女の名前はなかった。

口唇を噛んだ。

「不合格でもかならず自分で連絡して来ること」というのが北沢教場の生徒と結んだ約束だ。願掛けのようなもので、それだけ期待して待っている、という意思表示だった。みんな笑って、その言葉を聞いていたのだが。

足早に横断歩道を渡る。胸がざわついている。

こちらから連絡するべきか、と思案し、待つと決めた。

答えに常に自信を持っている。間違えたときは口惜しそうな表情を少しだけ浮かべ、仕方ないわねといった顔で考えて、それから直しを始める。本当は真面目なのに一生懸命やっているところを人に見られたくない。男子に対抗心を燃やし、そのくせ合宿で松川や宮井が上位入賞を果たしたときには素直に笑みを浮かべた。

地下鉄駅に着くまでに歩いた道の遠さも、周囲の景色も、意識になかった。指導した生徒を不合格にしたのは自分だ。自分の指導があまかったのだ。正直に振り返れば、B1クラスのなかには志望校に届かないかもしれない、難しい、と思いながら送り出した生徒がいる。絶対はない。だが戸畑の星蹊は違った。疑いもしなかった。自分の責任だ、と曽谷は思った。

戸畑がいま感じている痛みや悔いや、悲しみについていくら想像したところで、何も変えることは出来ない。

ホームに降りるとちょうど地下鉄がやって来る。乗った。身体がひどく冷えて、軋んだ音を上げていた。暖房の効いた車輛の座席に座ると、自ずと瞼《まぶた》が落ちてくる。戸畑のことが頭に思い浮かんで目を開く。

鞄のなかでスマートフォンが震えていた。取り出し、表示された名前を見ると「松川祥佑ママ」と出ている。

次の駅に着くまで待つのももどかしく、到着するなりホームに躍り出て、受けた。切れずに電話はまだ振動を続けている。

「先生。受かりました」

出るなり松川祥佑の母親はいった。本人は、瀧大附属の二次試験を受けに行っている。

「おめでとうございます。発表はお母さまが見に行かれたのですか」

「そうです」

オンラインでも発表はあった筈だが、合格なら手続きに行く必要がある。最後は母親も合格に賭けたということか。

「よかったです。もちろん受かると思っていましたが」

落ち着いた声で、「先生」と母親がいう。

「何でしょう」

「本当に、ありがとうございました。勝手をいって先生を困らせてしまったかと思っています。お詫びします」

というので、「お母さん、違います」と曽谷はいった。

「困らせたのはこちらの方です。わたしと、祥佑と」

車輛が入ってくるとのアナウンスが頭上のスピーカーから聞こえ、曽谷は階段方向へ移動した。

「言い訳みたいになりますが、もし祥佑が嫌だったなら、わたしも受けさせはしなかった。前にもいいましたが、彼が『受けたい』といったんです。誰よりも彼が挑戦する気持ちを強く持っていたんだと思っています」

「そうですね」

「まだ本人は知らないんですよね。今日は瀧大を受けに」

ええ、と母親は頷き、「帰ってきたら教えます」

「喜ぶでしょう。それだけの権利が彼にはある」

ありがとうございました、といって電話を切ろうとした。

「先生が、あの子のことを信じてくださってよかったと思います」

いえ、と曽谷はいった。

「やっとあの子も、自信を持つことが出来るものを手に入れました。先生のおかげです。祥佑のこれからを、先生が変えてくださったと思っています」

それを果たせたのは、挑戦したいと思う意志の力があったからだ。

そして、挑んでも叶わないこともある。取り返しは利かず、傷ついた記憶は一生消えることがない。

薄氷ではなかった。祥佑は受かる、と曽谷は信じた。迂闊だろうか。違う。自分は知っていたからだ。彼がどれだけ一生懸命に取り組み、悩みながらも考え、必死に答えを出し続けたかを。

では戸畑も。そうだ、と曽谷は思った。彼女もまた、一生懸命に取り組み、悩みながらもその姿を人には見せず小癪《こしゃく》な素振りで考えて、答えを出し続けていた。

電話を切り、地下鉄に乗り直した。

教場に着き教務室に入ると、才木が、

「戸畑か」

といった。

「連絡、ありましたか」

「いや。さっき共有メールで見た。野脇課長から送られて来ているやつだ」

集約された合否は共有掲示板にアップされ、全教員が閲覧できる。

「すみませんでした」

「何が」

「落としてしまって」

才木は不満そうに鼻を鳴らすと、

「何をいってる。受験だろうが。全員受かってくれればそれに越したことはないが、公立高校受験と違うことくらい判っている」

といい、「保護者と連絡は」

「まだです。本人から連絡が入るのを待っています」

それから一時間ほどの間に数名の生徒から合格の知らせがあった。別教場にいる砂生めぐみからも電話が入る。

「戸畑さん、どうですか。連絡ありました?」

「まだです」

「今回、星蹊はかなりラインを上げたみたいで。他にもやられた子がいて」

めぐみが副指導責任者を務める教場でも不合格になった生徒がいるという。

「傾向が違ったそうですね。簡単になっていたみたいです」

「どの教科がそうだったのか、曽谷先生、判りますか」

男子校の発表の場でベテラン教員から聞いた話をした。電話のむこうで口唇を噛む気配があった。

「ただ、こちらの生徒は星蹊はやや厳しいチャレンジと判っていたんで。今日はもう別の学校を受けて来ています」

「そっちは大丈夫そうですか」

「まず間違いなく。親御さんも本人も今日受けた方が本命だと思ってくれていますから。でも戸畑さんは」

第一志望だ。

「明日も彼女は受けに行くんですよね」

「もちろん」

明日は星蹊の後期募集試験がある。出願していた。問題は戸畑由奈が受けにいけるかどうかだ。初日の不合格を想定し出願しているとはいえ、仮定の保険のつもりだった。戸畑自身も後期はないと考え、初日にすべてを出し切ってきている筈だ。予想外の不合格を突き付けられて、すぐに気持ちを切り替え、再び試験に臨めるものだろうか。

「大丈夫でしょうか」

気持ちにダメージを受けたまま、レベル的には同じ、募集人数はより少ない同一校の後期試験を受けて成算があるのか、とめぐみは訊いているのだ。

「戸畑ならやってくれる筈です」

「でも、まだ本人からも連絡が……」

失意から立ち直れずにいる戸畑の姿を想った。落胆は、きみには似合わない。

「時間が経てば、きっと戸畑は連絡してきます。そうすれば大丈夫。彼女はやります」

めぐみとの電話を置いて、連絡を待つ。

いまごろこの地域で、いったい何人の小学生が合格を得て、そして何人の小学生が不合格となったことだろう。自分の費やした時間が裏切らなかったことに胸を熱くし、これからの未来について考えている者がいる一方で、ある者は、取り返しがつかないことが起こったと思い知り、打《う》ち拉がれている。それでも立ち上がり前に進もうと思える子どもがどれだけいるのか。目を逸らすのは容易だ。傷つくのは怖い。十二歳の子どもの気持ちを思うと過酷で熾烈だ。

それでも。

教務室のデスクのではなく、曽谷のスマートフォンが鳴った。

受話器を取る手のひらが汗で湿っている。口のなかは乾いていた。

「曽谷です」

「戸畑です。由奈の母親です」

先生、すみません。だめでした。合格しませんでした——と震える声が聞こえた。

「由奈さんは」

「いま部屋にいます」

「電話、出られそうですか」

「かなり落ち込んでいて」

「そうですか。そうですよね。できれば話を少しでもさせてもらえたら」

「待ってください」

間が空く。階段を上るトントンという音。微かに聞こえるノック。由奈、と呼ぶ声。先生とお話できる?

途方もなく長い時間のような気がした。

やがて、電話の向こうから力のない母親の声が聞こえ、

「先生、申し訳ありません。出られないみたいで」

どうしたら、と母親が小声でいった。

「昨日は、終わったあとのご様子はどうでしたか」

「出来たようなことをいっていました。油断しちゃだめよ、といってたんですが」

「出来た、という手応えは間違いではないと思います」

先生、と母親が困りあぐねて縋るように声を出す。

「明日、後期は受けに行って下さい」

「……大丈夫ですか」

「大丈夫です」

根拠はなかった。だが受けに行かなければ彼女の中学受験はここで終わる。頭のなかで、三日めの午後以降で試験を実施する学校はどこがあったか、と考える自分もいる。だが戸畑が目指した学校は星蹊中学校で、全日程が明日で終わる。

受かると信じて送り込んだ。模試の判定結果、過去問題の出来。過去の入試問題に取り組み、出来た問題に慢心することなく、出来ていない部分の補強に一生懸命取り組んでいた。そして克服した。

受からないわけがない。

だが何が起こるかは判らない。

起こった出来事について、済んでしまったことについて、誰も説明はしてくれない。起こってしまった理由を教えてはくれない。自分が清明学院に受かることが出来たのはなぜなのか、そのことについても。人生はあまりにも根拠のない曲がり角の連続だ。

何が正しい判断なのか。誰も知らない。

気が付けば思いもしなかった場所で、こうして佇んでいる。

「必ず明日、受けに行くようにいってください。わたしも行きますから。待っています」

「由奈は、大丈夫でしょうか」

もう一度母親が訊ねた。

夜遅くの駐輪所で、教場から出てくる彼女を待っていた母親の姿が目に浮かんだ。雪のちらつく寒い夜も。娘を迎え、おつかれー、と、「今日はがんばった?」と声を掛ける姿を。

「大丈夫です。いまは落ち込んでいても、きっと明日は受けに行ってくれる筈です。お母さんも、信じてください」

「……はい」

「試験の傾向が違ったようですが、それは他の受験生も同じです。いまから何か新しいことをやるなんて考えなくていい。これまでやってきたことをおさらいだけして、いつもどおりに明日も受ければいいと。それだけ伝えてもらえますか」

「判りました。伝えます」

「お願いします。ここで終わってしまうなんて、らしくないぞ、と」

判りました、という母親から明日の登校時間と到着時間を教えてもらい、電話を切った。

「明日は星蹊か」

「はい。行ってきます」

「明日受ける生徒で他に応援の必要がある生徒はいないか」

と才木がいう。

場合によっては自分も応援に行くぞ、ということらしい。右手と左手に一つずつ、白い湯気の立ち上るコーヒーカップを持ち、

「自分の教場の生徒だからな」

とひとつを曽谷に手渡し、いった。


郊外の住宅地に位置する星蹊中学校は、最寄り駅から近く、徒歩で十分掛からない。予報は曇りで、雪が降るかもしれないといっていた。明けきらない空は暗く寒い。息が白く染まる。

駅から学校までの住宅地に沿った道に、場違いに派手な同業他社の幟《のぼり》がぽつりぽつり上がっている。初日、二日目と比べるとどの学校も応援に来る塾教員は少なくなるのだが、案外に多いのは一昨日ここで不合格になった生徒が多くいるからか。戸畑と同じ受験パターンで臨んだ生徒が

たくさんいたのだ。

そうなると今日の受験生の実力層は初日と変わるまい。なかには初日に上位の学校を受験し、そちらの押さえとして受けに来る生徒もいるだろう。

信じて待つしかなかった。

信じる以外にやることとは、数日前までにすべて済ませている。

入試をダイビングに喩えた教員がいた。生徒は海に飛び込んで行く。われわれ教員に出来るのは、彼らが海へ入る前の準備の手伝い、それと、深く暗い海中で何かが起こったときの対処法をあらかじめ教えておくこと。それだけ。いったん飛び込んでしまえば、もう教員が助けに行くことはできない。

生徒が中学校の門をくぐり教室に入ってしまえば、われわれに出来ることはない。だからもし途中で思いがけないことが起きれば、この姿勢で目指す位置まで泳ぎ切れ。不測の事態に息がつまれば、ここに付けておいた補助のタンクを使え。思いもかけない問題に手が止まっても、この解き方を思い出せ。目印を見失ったときは、あれを思い出せ、……。

そうして生徒が帰って来るのをただ待つ。優れた教員の仕事は、起こるかもしれない「もしも」を数多く想定し、対処出来るタンクやしのぎ方を数多く装備させてやることだ、と。

それが不十分だと生徒は溺れてしまう。

塾名の入った揃いのブルゾンや腕章をつけた教員の姿が散見される校門前に着いたとき、それが誰の言葉だったかを思い出した。葉村だった。本部の書庫で見た合格作文集のなかで、生徒がそういわれたと、書いていたのを読んだのだ。

戸畑の母親との電話でのやりとりを知らせると、「わたしも行きます」とめぐみもいった。コートの袖下に隠れた時計に目を遣ると、予定の時間よりはやかった。めぐみはまだ来ていない。正門の門扉が開くにはまだ少し時間がある。門の前には寒そうに首を竦めて待つ親子がいた。やや不機嫌そうな表情を浮かべた母親と、元気のない様子の子どもを見ていると胸が痛む。今日ここへやって来る受験生はほとんどが傷つき、行先が決まっていない。

明るくなる気配のない鉛色の空を見上げ、息を吐き出す。白く染まる。小さな雪片が舞い始め、コートのポケットのなかで曽谷は簡易カイロを握りしめた。

来いよ、戸畑。

前方に、明けきらぬ暗い空を背にやって来る人影があった。

曽谷の方へと近づいてくる。

目を凝らした。戸畑由奈ではなかった。

「曽谷先生」

呼ばれたが、顔に見覚えがない。

「曽谷先生ですよね。元二岡教場の」

相手が塾教員であることは判った。同年代か、いくつか年上。物腰は柔らかい。

「喜見原《きみはら》といいます。二岡教場の国語を先生の後を引き継がせていただき、担当していました。ご挨拶が遅れました」

と男はいった。

二岡教場の国語を――。

喜見原と名乗ったその教員は、一年半前にまったく畑の違う職種から自分は塾業界に転がり込んで来たのだ、といった。そのとき最初に希望した教科は中学生の英語。だがそちらは空きがなく、面接した主任教員から「中学受験の国語なら空いているコマがある。それなら採用出来る」といわれ、自信はなかったが、本人の弁では「仕方なく」飛びついたそうだ。

あらためて曽谷はその教員を見た。

コートの肩口に雪が積もっている。

複雑な心境だった。手塩に掛けて育てたつもりの二岡の生徒と、自分は離れなければならなくなった。栗沢の親と兄弟には憤っている。彼らのせいで生徒に迷惑を掛けた。生徒たちの想いを自分は裏切ってしまった。いっしょに受験に臨もうといっていたのに。教場長が違った対応をしてくれていればという気持ちはまだあるが、きっかけを作ったのは自分だ。そう思える程度に曽谷も変わった。

今まで冷静に考えたことがなかったが、生徒の次に困ったのは、後任の教員の筈だ。年度途中で、放り投げられた形の中途半端なクラスを任されたのだから。

その任された当の人物に、これまで意識が向いていなかったのは事実だ。二岡教場に出禁をいい渡されたとはいえ、何かしら自分にはするべきことがあった筈なのだ。

いまさらながら申し訳なく思い、曽谷は深く頭を下げた。

「ご迷惑を掛けてしまいました。すみませんでした」

「いえいえ」と喜見原はいうと、

「慣れないながら必死でやらせていただきました」

「大変だったでしょう」

「そりゃ、もう。——塾自体が初めてなのに、中学受験でしょう。スポーツを碌《ろく》にしたことのない人間にプロのマウンドを任せるようなもんだ。それも絶対に失敗は出来ないという場面で」

でもね、と喜見原はしたたかそうに口元に笑みを浮かべ、

「開き直ってやりましたよ。たとえ大量失点しても、それは任せた監督のせいだ。そう思ってね。でも曽谷先生、わたしにもプライドがあります。任せたやつの思惑と自分自身の意地とはまた別です」

合宿で会った二岡の生徒は、教場長のことを「嫌い」といったが、新しい担当者については何もいっていなかった。同時に、自分たちを置いて去った曽谷を彼らが悪くいわなかったのは、後任の教員が曽谷を非難する言葉を口にしなかったからだ。いまさらながら気付いた。

自信がなかったと喜見原はいうものの、共有掲示板に上がる合否結果では、二岡はほとんど生

徒を落としていなかった。意地だ、といった。不合格は、星蹊を受けた生徒だけなのか。

「曽谷先生も、初日に駄目だった生徒の応援ですか」

「そうです」曽谷は答えた。

「今年は厄介だったみたいですね」

いいながら、自分がやってきた駅方向の道へ喜見原は目を向けた。

「わたしがいちばん困っていたのは、曽谷先生のことでした。困っていたというより、怖かった、かな」

「え」

「あの子たちを受け持った当初、二岡の教場長は、うちはゆるいんでそんなに気負わなくてもいい、といってました」

あいつめ。

「だが実際担当したら、とんでもない。もうかなり仕上がっている。本格的に受け持つ前に教場で見学させてもらいましたが、それは六年生だった。確かにゆるいな、と思いながら五年生に入ってみると、ぜんぜん違う。ほぼ完璧だ。前任の教員はかなり出来るやつだと……失礼、思いまして」

「そんな」としか言葉が出なかった。仕上げた自信はあったが、そこまでではない。自分の知らないところで、そんな風に思ってくれている教員がいたとは。

「ずーっと、わたしのなかでは曽谷先生がライバルで、目標で、絶対に負けられない相手だった。その先生と会う機会がないまま、まあ、会うのが怖くてわたしから避けていた節もありますが、今日やっと会えました」

今後ともよろしくお願いします、と丁寧に頭を下げられ、ただ恐縮した。

自分が葉村の幻影と戦っていたことを思い出した。

門の内側から警備員が現れ、門扉を開錠する。軋む音がして門が開き、出てきた教員が、

「先生方おつかれさまです。生徒のみなさんも、寒かったでしょう。お待たせしました。どうぞ中へ」

と生徒と保護者を案内する。他塾の教員が俯いている受験生を励まし、送り出す。

ぽつりぽつりと来始めた人びとの顔を見ながら、喜見原が教場の生徒を探していた。

「そういえば曽谷先生、末田《すえだ》くんを覚えていますか」

「末田祐樹《ゆうき》くん?」

「ええ。彼は、逆瀬谷《さかせだに》に受かりました。本命です」

「そうでしたか、……。ありがとうございます」

覚えていた。

あの髪を短く刈った、男子だ。

あの日、入塾テストのない日にイレギュラーで受けに来て、テスト途中で手に負えなくなり、

窓の外を見ては泣きそうな困った顔をしていた。無理だから入塾を断った方がいい、と二岡の教場長に提言したのは自分だ。

「本当のことをいうと、あの子が入塾テストを受けに来たとき、わたしは反対しました。あまりに出来なくて、苦しむだろうから無理だと」

正直に喜見原に告げた。

「いや、苦しみましたよ。でもよくがんばってくれました」

逆瀬谷といえば偏差値で五十四、最近は手厚い指導が魅力で受験生を増やしている。目の前にいる、肩口と髪に雪を積もらせている教員の力だ、と頭の下がる思いがした。

「ありがとうございます」

喜見原はコートのポケットから簡易カイロを二つ、三つ取り出し、手の中で揉んだ。

「曽谷先生のところの生徒は、今日は来られそうですか」

その問いで、喜見原も昨日二岡の生徒と、曽谷が戸畑としたのと同じやりとりを交わしたのだと知った。

「来ると信じてます」

「そうですよね」

「信じて待つしかないでしょう。教員が出来ることは、もうすべてやったのだから」

降る雪が激しさを増していた。風が強まり、瞬く間に喜見原のコートも曽谷の髪も白く染まる。

「来ますよ。必ず」

電車が到着したタイミングなのか、駅方向から歩いて来る人の姿が増えた。

喜見原が弾んだ声でいった。

「来ましたよ。うちの教場の生徒が」

やってくる人の流れのなかに、よく知る母親と女子生徒の姿を曽谷も見つけた。

傘を開き娘に差し掛けようとした母親の方が曽谷に気付き、促された娘が顔を上げる。

「戸畑」

声を掛けると、困ったような表情を浮かべ、それからはにかむように笑った。

教場で会ったのは一昨日だが、ずいぶん長く会わずにいた気がした。

佇む曽谷の前まで来ると、笑顔が消え、口唇を噛みしめた。

「泣いてるのか」

「泣いてないよ」

「そうだな。きみは、泣いたりしないよな」

うん、と頷き、それから、「泣く理由がないもの」という。

そうだな、と曽谷はいった。

傘を手にした母親が、「先生、朝からありがとうございます」と頭をぺこりと下げた。声が上擦っている。「お母さまも」と曽谷も礼を返す。

コートのポケットで温めておいた簡易カイロを戸畑に手渡し、

「受かって来るか」

「うん」

「今日は」

「もう……！」

曽谷の皮肉に、戸畑由奈はわざとらしくふくれた顔をして見せた。

「じゃあ、行っておいで」

「絶対っていわないの」

「いわないよ」

「でも、大丈夫なんだ」

他塾の教員に囲まれた受験生が側を通って行く。その子の俯き加減の後頭部に積もった雪を、若い教員が手袋をはめた手で払うのが、母親の差し掛けた傘越しに曽谷の目に入った。

ふと戸畑が、

「宮井は……」

と口にする。え、と問い返すと、

「松川くんは合格したよね。宮井は？」

「松川は清明、受かったよ。宮井は、明日発表だな」

「受かってる？」

「受かってる」

発表されていない結果を戸畑は訊ねた。きっぱりとした口ぶりで曽谷は答える。

「紡城でしょ。まだなのに、どうして先生、そんな自信持っていえるの」

「信じてるから」

「……宮井を？」

「みんなを。みんなが、これまでしてきたことを」

薄い小さな口唇を、ぎゅっと噛みしめる。

「絶対なんてないって。入試には絶対はないんだって先生、あんなにいってたクセに」

戸畑の小癪な反撃に曽谷は笑う。

雪に塗れた背中の喜見原が、曽谷にも覚えのあるひょろりと痩せた生徒を励ましていた。傘を手にした父親が、その背中をポンと叩き、恐縮した様子で喜見原に頭を下げる。

「松川も、自分の選択が間違っていなかったと証明した。上村も、ちゃんと結果を出した。宮井も、きっと答えを出してくる。だから戸畑も、証明しておいで」

駅から続くやや上り勾配のある道を、砂生めぐみが駆けて来るのが見えた。雪で髪が真っ白になっている。手を上げる。戸畑も気付いて振り向き、先生！　と声を上げて手を振った。

それから曽谷に向き直ると、めぐみに見せた満面の笑みから一転、真剣な表情に戻り、

「何を？」

と訊く。

「何を証明すればいいの」

「――自分が、今日までやって来たことを」

「判った」

曽谷の肩辺りまでの背丈の戸畑は、やや下から曽谷の顔をまっすぐ見上げるようにして、はっきり告げた。

「受かって来るから、待ってて。先生――」

装画　合田里美
装幀　鈴木久美

謝辞

放課後等デイサービスや障がいを抱える子どもたちの現状につきましては、保育士・発達障がい学習支援サポーター森川悠司氏からリアルなご助言をいただきました。ありがとうございます。表記等の判断の責任は作者にあります。

カバー絵をいただいた合田里美さま、徳間書店文芸編集部T氏にもお礼申し上げます。爽やかさと健気さの感じられる絵を頂戴した夜、この表紙で世に出るのかと感慨深くなかなか眠れなかったことを告白しておきます。またT氏のご指南なくして作品を完成させることは出来ませんでした。

なお作中に登場する学校、塾、人物はすべて架空のものです。

本作は書き下ろしです

安孫子 正浩（あびこ・まさひろ）
一九六九年生まれ。「等圧線」で第7回「大藪春彦新人賞」を受賞。
本作が長編デビューとなる。

教場《きょうじょう》の風《かぜ》

二〇二四年十二月三十一日　第一刷

著者　安孫子正浩
発行者　小宮英行
発行所　株式会社徳間書店
〒一四一－八二〇二　東京都品川区上大崎三－一－一
目黒セントラルスクエア
電話［編集］〇三－五四〇三－四三四九
［販売］〇四九－二九三－五五二一
振替　〇〇一四〇－〇－四四三九二

本文印刷　本郷印刷株式会社
カバー印刷　真生印刷株式会社
製本　東京美術紙工協業組合

落丁・乱丁本は小社またはお買い求めの書店にてお取替えいたします。
ISBN 978-4-19-865938-7